사랑과 문학

박화배 시인의 문학칼럼

사랑과 문학

|서문|

별과 바람과 그리움이 사는 곳에

추풍령의 계절은 다른 곳과는 다르게 느껴진다.

밤이면 별들이 쏟아질 듯이 촘촘히 박혀있고

누군가 그리운 마음 되어 밤길을 걸으면

금방이라도 내 품에 안길 것처럼

그렇게 별은 가깝게 느껴진다.

가을이면 낙엽은 커피향보다도 진한 향기로

겨울의 바람 속으로 스며들고

겨울 속에 있는 우수에 찬 나목은

봄이 오길 기다리는 그리움으로 계절을 지내고 있다.

추풍령은 그리움을 안고 있는

계절의 고향 같은 곳이다.

그래서

나는 추풍령에 머물고 있는지도 모른다.

그래서

나는 이 고개를 넘지 못하고 머무는 바람으로

여기에 살고 있는지도 모른다.

아침엔 선계산 자락에 안개가 자욱하고

오늘도 추풍령은 포근한 하루를 그리움으로 품고 산다.

그 동안 발표했던 글들을 모아 이제야 한권의 책을 내게 되었다.

주로 새충청일보에 "박화배 시인의 문학 칼럼"이라는 이름으로 연재되었던 글들과 그 외 몇 곳의 잡지에 발표했던 글들이다.

아직 다 여물지 않은 글들을 정리한다는 의미에서 한권의 책으로 묶고

다시 힘을 모아 발걸음을 내딛으려 한다.

여기, 별과 바람과 그리움이 사는 이곳에 시간을 묻고, 목이 긴 그리움을 품은 채 계절을 등에 지고 살아가리라.

끝으로 바쁜 중에도 글의 교정을 봐준 내 사랑하는 이에게 감사함을 전한다.

2009년 10월
추풍령 우보초당에서
저자 박화배

제4부   이 시대에 문학은 살아 있는가

사랑하는 나의 아들에게 보내는 편지

제1부

향기가 가득한 세상

이성의 아침 감성의 저녁

"아침에 우는 새는 배가 고파 울고요
저녁에 우는 새는 님이 그리워 운다.
너영 나영 두리둥실 놀고요
낮이낮이나 밤이밤이나 상사랑이로구나

호박은 늙으면 맛이나 좋지요
사람이 늙으면 무엇에나 쓸꼬
너영 나영 두리둥실 놀고요
낮이낮이나 밤이밤이나 상사랑이로구나."
- 중략 -

이 노래는 "너영 나영"이라는 제주도 민요로 가끔 생각 없이 흥얼거리기에 좋은 노래이다. 내가 이 노래를 좋아하는 것은 음악적 가치보다는 가사가 주는 철학적 문학적 의미가 가슴에 와닿기 때문이다. 아침에 우는 새가 배가 고파 운다는 것은 지극히 현실적이고 이성적인데 반해 저녁에 우는 새는 님이 그리워 운다 라는 가사는 감성적인 냄새가 물씬 풍기는 듯하다.

하루가 지나가고, 민요가사처럼 감성으로 기우는 저녁내음이 저녁 숲에 스며들기 시작하면 어둠이 짙어질수록 감성은 비례해져오는 가슴 속의 달빛이 된다.

어슴푸레해져가는 저녁이면 엄마를 그리워하는 아이의 본능처럼 감성은 인간의 내면에 젖어오기 시작한다. 그래서인지 나도 짙은 그리움이 꿈을 꾸기 시작하는 그 즈음이 정말 좋다. 저녁은 상쾌하지는 않다. 저녁은 느슨해지는 기분을 가지게 하며 달콤한 느낌의 전주곡을 연주하는 시각이기도 하다. 사람들은 이 시각이면 낮 동안 이성으로 무장된 마음을 벗기 위하여, 그리고 이성의 벽을 허물고 감성의 세계로 침잠하기위하여 한 잔의 술을 찾고(술은 이성의 벽을 허무는데 어둠과 쌍벽을 이루는 친구 같은 관계라고 생각된다.) 밤이 깊어 갈수록 감성은 완벽한 모습을 드러내고 감성의 화신, 아름다움의 화신인 아프로디테는 푸쉬케를 등에 업고 감성의 꽃을 피우기 위하여 사람들의 가슴을 두드린다. 알 수 없는 어둠의 깊이처럼 밤의 여행을 떠나는 감성의 신비는 인간의 가장 깊은 내면속으로 파고 들어와 예측할 수 없는 삶의 역사를 만들어내고 기쁨과 환희의 나락으로 끝없는 하강을 하기도 한다. 그 끝없는 하강은 라흐마니노프 같은 사랑의 환희를 노래한 음악을 만들어내기도 하고, 무한한 기쁨의 달콤한 시를 만들어 내기도 한다.

여명이 밝아오면 감성의 성은 서서히 허물어지며 해가 뜨기 직전에는 이성과 감성이 교차되는 시각, 그 시각에 우리는 끈끈한 감성의 느낌에서 벗어나 상쾌함을 느끼게 된다. 마치 땀에 절은 몸을 씻고 난 상쾌함처럼…… 아침은 이성과 함께 감성의 흐트러짐을 부끄러운 듯 수습한다. 태양의 고도가 높아짐에 따라 그와 비례하여 이성은 탄탄한 성을 쌓고 태양을 따라 지극히 이성적으로 하루를 작업한다.

일찍이 독일의 문호 헤르만 헷세는 소설 '나르찌스와 골드문트'에서 이성과 감성에 대해서 얘기했다. 그는 가장 인간다운 모습은 이성과 감성의 적절한 조화로움에서 온다고 봤으며 분리할 수 없는 불가분의 관계라고 얘기했다.

낮과 밤은 인간의 이성과 감성에 커다란 영향을 미쳐왔으며 이것 또한 불가분의 관계라고 나는 명백하게 얘기할 수 있다.

덧붙여 감성은 밤과 더불어 창조와 사랑, 문학과 예술의 원천적인 힘을 솟아나게 하는 것이며, 낮과 더불어 이성은 조직적이고 논리적이며 질서와 현실유지의 현시적인 모습을 지탱해 주는 것이라고 생각한다.

순환되는 밤과 낮이 있듯이 감성과 이성의 순환으로 보다 조화롭고 다양한 삶을 사는 우리의 모습은 시간의 굴레가 빚어내는 문학과 예술 그 자체가 아닐까.

[새충청일보 2006. 02. 24 "박화배시인의 문학칼럼"]

유행가와 교향곡

　오늘도 사람들은 한반도를 뒤덮고 있는 전국각지의 노래방에서 제 흥에 겨워 또는 가수가 된 것처럼 멋진 제스쳐를 취해가며 노래를 부르고 있을 것이다. 우리나라 사람들만큼 노래를 좋아하고 노래를 잘하는 사람들도 없을 것이다. 옛 문헌에도 있듯이 우리나라 사람들은 예부터 춤과 노래를 무척이나 좋아했던 것 같다. 마이크만 갖다대면 누구나 거리낌 없이 노래 한마디쯤은 다 부를 수 있을 정도로 노래에 대해서만큼은 천부적일 정도이다. 어쩌면 우리가 흔히 부르는 유행가는 사람들의 혈관을 타고 돌 만큼 체질화 되어져 있다 해도 과언은 아닐 것이다. 그만큼 사람들의 생활과 밀착되어 있어 그 시대의 문화와 정서를 고스란히 품고 있으며 그 시대를 풍미하고는 더 이상 음악적으로나 문화적으로 발전하지 않고 한시대의 흔적처럼 거기 그렇게 있는 것이다. 어쩌면 흐르는 시간과 같이 가는 것이 아니라 풍미했던 한시대의 향기를 품은 채 박제되어 그대로 남아있는지도 모른다.

　그러나 교향곡(클래식 음악)은 우리가 즐겨 부르는 유행가와는 다소 다른 면을 가지고 있다. 클래식 음악은 유행가와는 달리 시대를 초월해서 꾸준히 연주되어지고 사랑을 받고 있다. 유행가가 순간적으로 펄펄 끓어오르는 라면냄비 같다면 클래식음악은 서서히 긴 시간동안 데워져 끓어오르는 가마솥과 같은 지속력을 가지고 있다고 해도 과언은 아니다.

그러나 클래식 음악은 대중음악처럼 선뜻 친숙해질 수가 없다. 유행가는 몇 번 들으면 어디선가 들어본 듯한 느낌을 가지게 하는 친밀감이 있는 반면, 클래식 음악은 왠지 낯설고 친숙해지기 어려워 선뜻 다가서기가 망설여진다. 음악을 하는 사람들은 클래식 음악은 창조되어지는 음으로 만들어져 처음엔 낯설고 어려우나 반복하여 감상을 하면 새로운 음악세계를 알게 되는 큰 기쁨을 얻는다고 하며, 대중가요는 흘러 다니는 음으로 만들어져 우리에게 쉽고 친숙하게 다가온다고 말하기도 한다.

음악의 형식을 보면 클래식 음악은 복잡한 기계식 시계처럼 정교하고 조직적이고 수학적인 형식을 가지고 있는 반면 대중가요는 부르기 좋게 단순하며 박자도 사람들의 맥박과 같아서 가슴에 와 닿는 친근감을 가지고 있다.

그래서일까 생각하기 싫어하고 복잡한 것과 수학적이고 철학적인 고차원적인 것을 귀찮아하는 대중은 클래식보다는 단순하고 사람들의 감정을 그대로 표현한 리듬과 박자를 가진 대중가요를 좋아한다. 음악적 표현을 보면 클래식 음악에는 기쁨, 슬픔, 행복감, 지루함, 웅장함, 자상함, 격렬함, 따뜻함, 싸늘함, 그로테스크한 느낌 등 다양한 것을 포함하고 있어 조화롭고 모든 것을 다 수용한 것 같은 모습을 하고 있다. 이러한 클래식에서 어느 한 면만을 극대화시키고 단순화 시킨 것이 대중가요가 아닐까 하는 생각을 한다. 다시 말하면 슬픈 요소만을 빼내와 슬픔을 극대화시키고 기쁨요소를 빼내어와 기쁨을 극대화시키고 단순화시킨 것이 대중음악이라고 볼 수 있지 않을까 생각한다.

문학도 마찬가지일 것이다. 문학적 가치가 있는 문학작품은 잘 읽혀지지 않으면서도 말초신경을 자극시킬만한 달콤함을 극대화 시킨 대중문학이 인기가 있고 잘 팔리는 현실은 어제 오늘의 얘기가 아니다. 현재에도 그렇지만 앞으로 가면 갈수록 깊이 있는 심오한 작품들은 생각하기 싫어하는 현대인들, 특히 어릴 때부터 가시적이고 자극적인 매체에 길들여져 있는 사람들에겐 따분하고 고루한 것들로 치부되어져 외면당하고, 상업성에 찌들은 대중문학만이 계속해서 사람들의 관심을 끌 것이다. 어쩌면 이러한 가벼운 대중문학조차도 외면당하고 사람들은 가시적이고 오락적인 TV나 컴퓨터에 매달려 시간을 보낼지도 모른다. 그러나 쳐다봐주지 않아도 피어나는 들꽃처럼 누군가는 문학의 푯대를 바로 잡고 가야한다. 그것은 진실을 담는 일이기 때문에.

[새충청일보 2006. 03. 10 "박화배시인의 문학칼럼"]

향기가 가득한 세상

　언제나 계절은 바뀌기가 쉽지 않은 모양이다. 따스한 봄날과 밀고 당기고 그렇게 요동을 치더니 어찌할 수 없다는 듯이 겨울은 자연순환의 섭리를 거스르지 못하고 봄에게 계절의 자리를 내주고 가버렸다.

　이제 바야흐로 봄이다. 겨우내 찬바람에 시달리던 나목도 부드러운 봄바람에 새잎을 내기보다는 꽃망울을 먼저 부풀린다. 봄처럼 오는 나목의 꽃은 순백의 매화나 산수유, 멀리서 보면 산수유 꽃과 흡사한 산동백이라고도 불리우는 생강나무꽃이 노랗고 여리게 피어난다. 그리고 이어서 개나리, 복숭아꽃, 살구꽃, 벚꽃 등이 가슴 설레이게 피어난다. 어디 상사화만이 꽃이 잎을 그리워할까. 대부분의 봄꽃들도 언제까지나 잎을 보지 못하고 그리워하다가 지고마니 봄꽃들도 상사화라고 한다면 억측일까. 봄이 일년 중 가장 꽃이 많이 피어나는 것처럼 느껴지는 것은 잎사귀 없는 나목에 꽃만 피어나기 때문에 더욱 꽃들이 도드라져 보일지도 모른다. 아무튼 봄은 꽃의 계절이고 그래서인지 꽃 같은 여자의 계절이라고도 한다. 관목과 나목만이 가득한 회갈색 산등성이에 노란 산동백이 피어날 때면 나무 밑 양지바른 곳엔 봄을 알리는 춘란이 다소곳이 피어난다. 하얀 소복을 입은 여인의 자태 같은 춘란소심은 참으로 품격이 있으며 미의 극치라해도 과언이 아닐 정도이다. 필자도 난 몇 분을 키우는데 어느 날 피어난 소심을 보고 그 감동으로 다음과 같은 시를 쓴 적이 있다.

잠결에 인기척 느껴
난실문을 연다
눈으로 보기엔
감당치 못한 아름다움이 마음으로 흘러
깊이 스며드는
청초하고 서늘한 자태……
한 여인이 서 있었다
맑은 얼굴에 쪽진 모습으로
언제부터 그렇게 서 있었을까
지난 가을엔/ 찬 바람으로 기다림을 몰고 와
가슴에 수북히 쌓아 놓더니
젖빛 깨끼옷에 고우신 얼굴 감추고
그리움의 별빛/ 옷섶에 품으신 채
삼동 추운 겨울길을
침묵으로 내내 걸어 오셨구려.

-박화배 [소심] 전문-

　　난은 단자엽 식물로는 가장 진화된 것으로 동양에서는 오랫 동안 원예식물로 사람들의 사랑을 받아왔다. 옛날에는 선비들이 곁에 두고 즐겨 키우고 난에 대한 시를 쓰고 그림을 그렸으며 난을 군자의 하나라고 생각하여 고고한 품격과 아름다움을 마음으로 끌어들이려 애썼다고 한다. 그것은 아마도 공자가 난을 접하여 심경의 변화를 가져온 그 때 읊은 시 의란조猗蘭操 때문에 그러했으리란 짐작을 해본다. 공자가 신설新說을 설파하였으나 그의 높은 학문인 신설을 알아주고 따라주는 사람이 없어 의기소침하여 고향으로 되돌아가고 있었다한다. 초라한 귀향을 하는 도중 잡초가 무성한 어느 산기슭을 지나는데 코끝을 스치는 향기가 있어 그 향기를 따라 가보니 잡초 속에 홀로 난꽃이 피어나 향기를 내고 있었다. 순간 공자는 아무도 돌보아 주는 이 없어도 홀로 피어 향기를 내고 그 향기를 따라 자신을 이곳까지 오게 한 상황을 깨닫고 자신의 학문이 사람을 모여들게 할만한 향기가 없음을 부끄러이 여겨 수신적덕修身積德에 힘을 기울인 결과 가르침을 청하는 자들이 사방에서 모여들고 공자의 가르침은 향기처럼 세상에 퍼지게 되어 이른바 삼성三聖의 한 사람으로 알려지게 된 동기가 되었다하니 봄과 함께 피어나는 춘란의 기품을 다시 한번 생각하게 한다. 그 미미하고 가녀린 풀 한포기의 춘란이 학문의 향기를 퍼지게 하여 사람들의 생활과 정치에까지 영향을 미치게 하였다니 이 얼마나 대단한 일인가.

　무슨 일이든 다 그렇겠지만 특히 문학에는 향기가 있어야 한다. 돌보는 이 없어도 잡초 속에서 고고히 피어나 아무도 알아주지 않는 신설을 외치다 주저앉은 공자를 깨달음에 이르게 한 춘란의 향기처럼 문학은 향기가 있어야 한다. 아무런 향기도 나지 않고 혼자 자족하는 글을 써놓고 문학을 한다고 자기도취에

젖어 있다면 이 얼마나 불행한 일인가. 이제 산과 들에는 꽃이
피어나고 바람은 꽃향기를 태우고 강을 건너 들판을 지나서 우
리 주변에 가득 향기를 뿌려 놓을 것이다. 그 꽃향기처럼 문학
의 향기가 온 세상에 가득 뿌려지고 그 향기에 젖어 삶에 지친
사람들이 평안한 웃음으로 하루를 잠재우는 세상이 되었으면
하는 바램이다.

[새충청일보 2006. 03. 24 **"박화배시인의 문학칼럼"**]

아날로그의 삶을 꿈꾸며

몇 해 전인가, 일본 나리타 공항에서 교토로 가는 비행기를 탄 적이 있었다. 일본 특유의 조용한 분위기 속에서 책장이나 신문 넘기는 소리가 간간히 들리는 모습이 인상적이었다. 세상이 온통 가시적인 TV와 컴퓨터 문화로 급속히 변해가고 있는 즈음이라서인지 기내에서 많은 사람들이 책을 보는 모습은 감동처럼 잔잔하게 가슴을 파고들었다. 그러한 모습을 보면서 우리가 생존을 위하여 너무나 바쁘게 살아가는 것은 아닌가 하는 생각을 했었다. 어쩌면 그럴지도 모른다. 학생들은 더 좋은 상급학교 진학을 위하여 학습에 관한 책만 보다가 스폰지처럼 흡입력이 좋고 정신적 유연성과 신축성이 가장 왕성하며 감수성이 고조되어 있는 청소년기를 다 보내버리고 정신적 각질화가 되기 시작하는 성인이 되어버리는 것이다.

이 얼마나 불행한 일인가. 우리는 정신적 유연성이 가장 좋은 청소년기에 보다 많은 음악과 문학을 접하고 직간접적인 경험을 시도해봄으로 해서 아직 경계선이 설정되지 않은 내면의 정신세계를 끝없이 발전시켜 나갈 수 있을 것이다. 그렇다고 해서 깊이 있는 전문가가 되라는 것은 아니다. 모두 다 음악과 문학을 창조하는 사람이 되자는 얘기가 아니다. 적어도 음악을 듣고 감흥을 느끼며 행복감에 젖을 수 있는 정도와 시 한편을 읽고 하늘을 바라보며 가슴으로 오는 바람소리를 들을 수 있는 정신 세계를 갖자는 얘기이다.

어쩌면 우리는 디지털 시대에 디지털화 된 인간으로 살아가고 있는지도 모른다. 한 치의 오차도 여유도 없이 예정된 계획과 시간을 따라 걸어가고 있는 디지털화된 모습으로 말이다. 이 시대에 한 잔의 술을 마시고 우리는 버지니아 울프의 생애와 목마를 타고 떠난 숙녀의 옷자락을 이야기하며 살아간다면 모두들 시대착오 속에 사는 덜 떨어진 인간쯤으로 인식할지도 모를 일이다. 그러나 우리는 한 잔의 술을 마시고 버지니아 울프를 얘기하고 목마를 타고 떠난 숙녀의 옷자락을 이야기할 수 있는 정신적 여유와 사치를 가져야 한다. 미술은 잘 모르지만 그림에는 여백의 공간이 있다. 미술하는 사람들은 그 여백의 공간이 그림의 미를 극대화시켜주는 역할을 하기도 하고 한숨 돌리며 쉬어가는 여유를 갖게 하기도 한다고 한다. 그렇듯이 우리 인간도 여백이 있어야 한다. 특히 지금 이 시대에 더욱 그러해야 한다고 생각한다. 그 여백의 역할이 바로 문학이나 음악, 미술을 감상하고 즐길 줄 알고 거기서 마음의 여유를 찾고 일상생활에서 찌들어 삭막해진 마음을 위로 받는 일 일 것이다. 그러나 언제부터인가 한편의 시보다는 한번의 클릭으로 사이버 세상을 열어 그 속을 들여다보며 탐닉하고, 생각하기 보다는 보여지는 현상에 현혹되어 시간의 흐름조차 망각하는 디지털 세상을 우리는 살아가고 있다. 그래서인지 아직 어린나이에 정신적 유연성은 사라지고 마치 청소년기에 육체적인 성인병을 앓는 것처럼 정신적 각질화가 일찍 시작되는 현상이 많은 청소년들에게 나타나고 있다.

여러해 전부터 프랑스에서는 정부와 시민단체가 주도하고 여건을 마련하여 국민들이 시낭송을 생활화하고 있다한다. 프랑스 사람들은 보들레르 무덤에서, 학교에서, 교도소에서, 사람들이 모일 수 있는 장소라면 어디에서든 시낭송을 자연스럽게 일상화하고 있다. 이것은 아마도 디지털문화로 정신적 각질화가 되어가는 것을 미연에 방지하고자 정부차원에서 주도한 것은 아닌가 생각된다. 우리도 서둘러야한다. 우리 각자가 한편의 시로, 아니면 한편의 수필로 각질화된 정신을 유연하게 만들고 잃어버린 삶의 여백을 찾아야 한다. 그래서 우리가슴에 닫혀있는 서정의 창을 열고 그 창을 통해서 이 봄밤 가슴으로 불어오는 삶의 여백 가득한 미풍을 느껴 봐야한다.

[새충청일보 2006. 04. 07 "박화배시인의 문학칼럼"]

예술의 트라이앵글

아마 지금쯤이면 지리산 기슭을 따라 흐르는 섬진강을 타고 올라온 봄의 여신은 지리산 자락에 연녹빛 물감을 뿌리며 다니고 있을 것이고, 그러한 지리산은 꽃보다도 아름다운 연녹빛 신록으로 덮여가고 있을 것이다.

지리산은 우리나라의 다른 산들과는 좀 다른 몇 가지 특징을 가지고 있다. 대개 우리나라의 명산들은 설악산이나 금강산이 그렇듯이 바위로 이루어져있어 남성의 기개가 엿보이는 모습을 하고 있다. 그러나 지리산은 흙으로 이루어져 있고 경상도와 전라도를 다 아우를 만큼 다산을 한 여자의 풍만한 엉덩이처럼 널찍하게 자리를 잡고 있어 푸근한 모성애의 느낌을 주는 산이다. 그래서인지 지리산은 온갖 약초를 포함한 다양한 식물을 품고 있으며 여러 종의 산짐승들이 넉넉하게 살아가는 곳이기도 하다. 어쩌면 산청 출신의 명의 허준도 지리산 자락에서 태어났기에 위대한 명의가 될 수 있었는지도 모른다. 그 만큼 지리산은 풍요로운 산이다. 또 다른 점은 다른 산들은 산신이 거의 다 남성인데 반해 지리산은 유일하게 여성이 산신이라는 것이다.

지리산의 정상인 천왕봉天王峰이 그 증거로 고려시대부터 전

해 내려오는 전설이 있다. 옛날에 지리산 속의 한 절에 법우화상
이라는 스님이 어느 날 산골짜기에서 비가 오지 않는데도 물이
자꾸 불어나고 있는 것을 보고 그 물줄기를 따라 천왕봉 정수리
까지 올라가니 거기에는 엄청나게 키가 큰 한 여인이 앞을 가로
막고 말을 하였다. '나는 聖母天王이오. 내가 당신을 꾀기 위해
서 수술水術을 부렸다오. 당신과 만나는 것이 나의 인연이니 부
부가 되어주시오.' 하여 이들은 그 골짜기에 집을 짓고 살며 딸 8
자매를 낳았다. 딸들은 모두가 황금요령을 흔들고 채선으로 춤
을 추면서 산을 내려가 전국방방곡곡으로 흩어져 가서 무당이
되었다 한다. 해서 무당들은 지리산 산신인 성모천왕과 법우도
사를 그녀들의 조종祖宗으로 부른다고 한다. 이것은 아마도 우
리나라의 토착샤머니즘과 불교와의 결합을 상징하는 타당성을
보여주는 얘기로 어느 산보다도 인간의 삶과 밀접한 관계를 보
여 주는 것이기도 하다. 또 다른 하나는 지리산이 우리 민족역사
의 아픔을 간직한 산이라는 점이다. 한국전쟁의 최후종전이 빨
치산이라는 이름과 함께 이 산에서 막을 내렸다는 것이다.

　지금도 그 상처의 부위를 건드리면 빨간 피가 주루룩 흘러내
릴 것 같은 상흔의 흔적이 이 골짜기 저 능선에 피어나는 철쭉
꽃과 함께 여기저기에 남아있다. 한반도의 한 가운데 널찍하게
자리 잡고서 우리 민족과 같이 숨을 쉬어 온 산. 많은 문학작품
과 종교와 많은 전설을 품은 산. 그래서인지 사람들은 오늘도
지리산을 오른다. 산청에서도 오르고 남원에서도 오르고, 구례
에서도 화계에서도 지리산 정상을 향해 오른다. 오르는 길은 달
라도 결국은 천왕봉 정상에서 만나면 지향점의 종착지에선 하

나 됨을 알기에 사람들은 저마다 다른 이름의 등산로를 따라 지리산 정상을 향해 오른다.

　문학과 음악과 미술도 지리산의 각기 다른 골짜기에 있는 등산로를 따라 정상을 향하는 것처럼 표현의 수단과 방법이 다를 뿐이지 결국 각각의 길을 따라 오르다보면 정점에선 하나 됨을 알게 된다. 세계적인 성악가 루치아노 파바로티가 성악뿐만 아니라 미술도 아주 잘하여 이름을 얻은 것이나, 동양인으로는 처음으로 노벨 문학상을 받은 인도의 국민시인이자 우리에게 잘 알려진 라빈드라나트 타고르도 시인인 동시에 철학자, 교육자이며 극작가이고, 음악가이자 화가로 평생을 활동한 것이 그 예로 들 수 있겠다. 문학과 음악 미술은 표현의 방법에 있어서 서로 불가분의 관계이기 때문에 문학을 하는 사람이 음악과 미술을 이해하고 체험하여 능하게 되면 그의 문학은 많은 것을 품고 있는 풍성하고 폭넓은 지리산처럼 넉넉하게 되고, 사람들은 그 넉넉함 속에서 느끼고 쉬며 정신적인 집을 짓고 싶어 모여 들게 될 것이다. 결국 예술의 정점이란 문학과 음악 그리고 미술이 지향하는 꼭지점인 것이다.

[새충청일보 2006. 04. 21 "박화배시인의 문학칼럼"]

영혼을 담는 그릇, 시詩
(가장 아름다운 영혼을 위한 시)

사람을 규정하는데 있어서 요즈음은 외모에 많은 중점을 두고 있는 세상이다. 그래서 사람들은 얼굴을 성형하고 외모를 아름답게 가꾸는데 혈안이 되어 있다. 처음엔 배우나 텔런트같은 사람들이 비밀스럽게 성형을 하더니, 시간이 흐를수록 점차 일반사람들도 자연스럽게 성형을 하게 되고, 이제는 모든 사람들이 여건만 허락되면 성형을 하고 싶어 하고 성형이 더 이상 숨겨야하는 비밀스런 일이 아니게 되었다. 다시 말해서 이 시대는 외모지상주의가 되어버린 것이다. 과거에는 영혼을 소중하게 생각하고, 보이지 않는 영혼을 아름답고 맑게 가꾸려했던 풍조가 만연했었다. 그래서 종교와 이념, 그리고 사상이 역사와 문화, 예술과 문학을 지배했었는지도 모른다.

지금 이 시대에 우리가 소중하게 생각하며 가꾸고 있는 우리 육체는 영혼을 떠나서는 존재할 수 없는 영혼의존적인 가시적 존재에 불과하다. 그러나 보이지 않기에 이 시대에 홀대를 받는 우리의 영혼. 하지만 그것은 육체와 는 비교할 수 없는 그 무엇보다도 소중한 인간존재의·주체인 것이다. 아무리 아름다운 육체라 할지라도 영혼이 빠져나간 육체는 더 이상 아름답지도 않을뿐더러 가까이하고 싶지 않은 두려움의 어떤 것으로 전락하게 된다. 즉 육체는 영혼이 사는 집에 불과한 것이다.

우리의 소중한 영혼, 그 영혼의 가장 아름다운 모습은 영혼에 순수한 사랑을 담고 있을 때이다. 인간이 인위적으로 만들어 낸 허상과 이기적인 욕심을 품고 있지 않은 그런 순수한 사랑을 가질 때 우리의 영혼은 세상에서 가장 아름다운 모습을 하고 있는 것이다.

그래서 필자는 인간 내면의 깊은 곳에서 잠자고 있는 가장 아름다운 사랑의 본질을 끌어내는 작업을 시를 통해서 해왔다. 철학자 헤라클레이토스가 얘기한 것처럼 인간에게 있어서 가장 중요한 삶의 본질은 사랑이기 때문이다.

필자의 시 중 '나무'라는 제목의 시에 대해서 문학평론가 채수영 교수는 다음과 같이 평했다.

"나무도 사랑을 먹어야 자라고, 시詩도 사랑을 가질 때 비로소 화려한 향기를 전달하게 된다. 사랑은 존재에 향하는 필수요소이면서 성장의 동력動力이 될 수 있기 때문에 생명의 이름이 될 것이다. 홀로 서있는 동산의 나무라 할지라도 태양과 물이 없다면-이런 사랑의 요소는 존재를 가능하게 하는 요소로써 작용한다.

이제 당신이 부른 사랑의 이름이
따뜻한 수액으로
모자란 내 혈관에 채우고

함치게 뻗어보는 풀으로 가지를
바람으로 흔들며 부르는 노래
이 저녁숲에 다 퍼지도록
두고두고 부르는 당신의 노래는
어둠이 깃들어도 환한
나의 등불입니다.

– 박화배, ["“나무” 중에서]–

　시가 시인을 향해 동화同化되기를 열망하는 절차로 진행된다. ‘나’는 모자라고의 낮춤에서 키워주는 역할 ‘따뜻한 수액’ 그리고 ‘노래’ ‘등불’ 등의 이름 등이 다가올 때, 사랑의 이름으로 환치하면서 시의 역할은 곧 시인의 삶을 지탱하고 이끌어주는 역할로 점철된다. 이런 시인의 마음과 상응하는 시의 온기溫氣는 ‘나의 등불’에서 극점을 형성하면서 시가 곧 사랑의 진원이라는 뜻이 함축된다. 위의 시는 사랑의 물줄기가 시를 이루는 적극성으로 인지되는 철학이 항상 넘치고 있다.”

– 채수영 문학평론가의 평론 중에서 –

　인간은 정도의 차이는 있지만 누구나 남녀의 사랑 행위에 의해서 그 결과의 결정체적 존재로 태어나게 된다. 다시 말해서 인간은 존재 그 자체가 사랑으로 생성되어지고 그래서 사랑으로 이루어져 태어난다는 얘기이다. 곧 “인간은 사랑이다”라는 등식이 성립되는 것이다. 그러기에 우리 인간은 사랑을 할 때 가장 아름답고, 가장 보기 좋은 모습을 갖게 되는지도 모른다.

그래서 우리 인간은 사랑할 때 어디에서도 맛볼 수 없는 환희와 기쁨을 갖게 되는 것이다. 우리가 사랑을 할 때 우리는 우리의 본질로 돌아오기에 가장 아름다운 모습이 되는 것은 아닐까?

사랑은 기다림의 미학 속에 있을 때 더욱 아름답게 우리에게 다가온다. 기다림 속에는 목이 긴 그리움이 자리를 잡고 있기 때문이다.

[월간 韓國詩, 2007년 4월호 시인의 자작시 해설]

제2부

문학과 사랑

문학과 사랑(Ⅰ)

오월의 푸른 햇살이 아침 공기를 가르며 창을 넘어오고, 바람결에 묻어온 흰빛 아카시아향이 코끝에 머문다. 향기를 맡으며 새삼스레 땅 속에서 물을 끌어올려 어떻게 이러한 향기와 하얀 색깔의 꽃을 만들어 낼 수 있을까 생각해본다. 아무리 생각해도 대단한 일이 아닐 수 없다. 투명한 맹물을 제 몸 속에 넣고 마술을 부리는 것처럼 식물마디 빨갛고 노랗게 다양한 색깔의 꽃을 만들어 내는 사실이 어찌 신비하지 않은가. 물론 식물들이 다양한 색깔의 꽃과 향기를 만들어내는 것은 종족을 번식시키기 위해 벌과 나비를 유인하려는 목적이 있기 때문이라는 사실은 상식적인 일로 누구나 다 아는 바이다.

이 지구상의 모든 동식물들은 종족을 번식보존하기 위하여 나름대로 사랑을 나눈다. 물론 그 사랑은 종족을 번식시키는 기간으로 한정되어 있기는 하지만 말이다. 모든 동식물의 사랑은 쉽게 말해서 종족번식의 행위를 하도록 분위기를 조성하는 촉매역할을 한다고 할 수 있겠다.

인간의 사랑도 마찬가지로 이 지구상의 동식물의 종족번식의 기본 틀에서 크게 벗어나지 않는다고 할 수 있다. 예부터 사람들은 결혼해서 3년까지는 깨가 쏟아지는 기간이라 하여 흔히 신혼부부에 참기름 냄새가 난다는 둥, 깨를 몇 말이나 털었냐는 둥 장난 끼 섞인 농담을 하기도 한다. 실제 사랑에 빠진 사람들을 대상으로 실험을 한 결과 사랑에 빠진 34개월 동안 사랑의 촉매제인 호르몬이 나와서 강한 사랑의 감정을 가지게 되고 그 기간이 끝나면 차츰 시들해져간다는 것이다. 이러한 사실로 볼 때는 지구상의 동식물과 인간의 사랑이 그다지 차별화되지 않는다고 할 수 있다.

처음 인간도 종족번식의 한 일환으로 짝을 이루어 결혼을 했고 그것은 지금까지 계속되어져 오고 있다. 어쩌면 결혼은 상식선에서 이루어지는 인간사회의 질서를 위한 인간만이 가진 제도적 산물일지도 모른다. 그러나 누구든지 진실을 위해서 결혼을 하지는 않는다. 어쩌면 결혼은 인간이 만들어낸 인습의 굴레로 지극히 상식적인 일로 시대와 상황에 따라 그 형태가 바뀌어져왔다고 볼 수 있다. 일처다부제, 일부다처제를 거쳐 현재의 일부일처제로 정착되기는 했지만 그 부작용은 아직도 만만치 않게 도처에 도사리고 있다. 현재의 결혼형태가 불완전하기는 하지만 그래도 우리는 사랑의 종착점으로 결혼을 선택하고 있다. 어쩌면 결혼이 불완전한 것은 우리가 아무리 물질문명이 발달했다 하더라도 여전히 자연의 일부로 자연의 섭리에 속해 있기 때문은 아닌가 생각된다. 다시 말해서 종족번식의 일환으로 내보내는 사랑의 촉매제인 호르몬의 영향에서 대부분의 동식물처럼 벗어나지 못하고 있기 때문이라고 볼 수 있다.

하지만 인간에게는 종족번식을 위한 자연 발생적인 사랑과는 다른 형태의 사랑이 존재한다는 사실을 간과해서는 안 된다. 인간만이 가진 이 위대한 사랑은 종족번식을 위한 사랑의 촉매제인 호르몬의 영향을 초월해서 끝없이 사랑의 진실을 추구한다. 물론 이러한 사랑은 조금은 일반적이고 상식적이지 않으며 누구나 할 수 있는 사랑은 아닐 것이다. 누구나 갈망하지만 인위적으로 할 수도 없으며 이러한 사랑은 모든 것을 초월하고, 진실의 바탕위에서 신의 섭리로 인간의 몸속에 피어나는 절정의 꽃이라고 얘기하고 싶다. 이러한 사랑은 서로에게 신의 영역에서나 볼 수 있는 힘을 가지게 할 뿐만 아니라 창조적인 힘을 주어 라흐마니노프의 음악과 같은 환희에 찬 음악을 만들어 내기도 하고 가슴 저리도록 감동을 주는 문학작품을 만들어 내기도 한다. 일찍이 이러한 사랑에 대해서 심각하게 고민한 철학자가 있는데 그에 대해서는 다음 칼럼에서 논해보기로 해야겠다.

[새충청일보 2006. 05. 19 "박화배시인의 문학칼럼"]

문학과 사랑(Ⅱ)

　　일찍이 그리스의 철학자 헤라클레이토스는 인간의 종족번식을 위한 자연 발생적인 사랑과는 다른 형태의 사랑을 의식적인 사랑이라고 규정을 하였다. 그는 의식으로 사랑할 수 있다면 사랑에 빠지는 것이 아니라 사랑 안에서 일어나게 되며 이 때는 사랑 자체가 통합적인 힘이 된다고 했고 필자는 이 통합적인 힘은 문학이나 음악, 미술에 있어서 걸작을 창조해내는 커다란 힘이 될 수도 있다고 생각한다. 또한 의식적인 사랑은 나눠 주기만 할 뿐 소유하려고 하지 않으며 상대방을 자유스럽게 하고 상대방의 자유를 통해 역시 자유스러워진다. 의식적인 사랑을 교류하는 두 사람은 궁극으로 가는 동반자가 되고 서로를 돕게 되며 고통과 번뇌 행복과 침묵 등 모든 것을 나누어 가질 수 있는 동반자가 되는 것이다. 또한 정신적으로 교류할 수 있으며 서로의 일을 기탄없이 털어 놓을 수 있고 어떠한 일이 닥쳐도 서로를 돕고 신뢰할 수 있는 그러한 사람, 선할 때나 악할 때나 화를 낼 때나 행복할 때나 슬플 때나 즐거울 때나 서로가 어떠한 상황에 처해있다 해도 변함없이 서로를 사랑해 주리라 믿을 수 있는 이러한 사람이 되는 것을 의미한다. 이러한 사랑은 투명하며 무조건적이다. 인간만이 가질 수 있는 이 의식적인 사랑은 일반적인 사랑과는 전혀 다른 현상이며 아주 드물기는 하지만 이 세상에서 가장 아름다운 현상이라 말할 수 있다.

사랑은 정신적인 것이기는 하지만 정신적으로 교감되는 것만큼 육체적인 행위를 하고 싶어하는 것이 사랑이기도 하다. 그래서 이상은 "날개"라는 소설을 통해서 지나치게 정신적인 사랑으로만 치닫는 것도 또 육체적인 행위만을 탐해도 절름발이 사랑이라고 얘기했다. 또한 헤라클레이토스를 연구한 오쇼라즈니쉬는 "사랑이 없는 육체적 행위는 추하게 보인다." 라고 했다. 그렇다. 정신적인 사랑으로 이루어지는 육체적 행위는 조화롭고 아름답게 보인다. 아마도 창녀가 추하게 보이는 이유는 사랑이 없는 육체적 행위를 하는 사람이기 때문일 것이다. 아무리 아름다운 육체를 가진 사람일지라도 사랑이 없는 성행위는 그 사람의 모든 것을 추하고 지저분하게 만드는 것이다.

인간의 물질문명이 발달할수록 인간은 상품화된 사랑 없는 섹스에 열광하며 빠져들게 되고, 이러한 현상은 TV에서 교묘하게 섹스를 광고에 이용하여 사람들을 빠져들게 하고 있으며, 인터넷에서는 사랑도 없고 대상도 없는 인터넷섹스가 우리를 무감각하게 하고 추하게 만들고 있다.

어쩌면 사람들은 진실한 사랑을 할 수 있는 힘과 용기를 잃어버려가고 있는지도 모른다. 버튼을 누르거나 클릭만하면 힘 안들이고 가짜 사랑을 취하고 그것으로 만족하려는 사람들이 늘어가고 있다고 한다. 이러한 것들은 우리 인간에게 내재되어 있는 창조의 능력과 힘을 사장시키게 한다.

　문학가나 혹은 음악 미술가 의 훌륭한 작품과 삶의 뒤에는 남다른 사랑이 숨어있다는 것을 우리는 익히 알고 있다. 우리가 흔히 아는 죠르드 상드와 쇼팽의 사랑과 그들의 음악과 문학이 오랜 세월 동안 사람들에게 회자되어오고 있지만, "운명적인 사랑의 성애가 남자와 여자의 인생에서 가장 강한 힘의 하나라는 것을 나는 알았다"라고 말한 루 살로메를 얘기하지 않을 수 없다. 라이너 마리아 릴케를 독일의 국민시인으로 철학적이고 고뇌에 찬 사랑의 시인이 되게 한 여자, 루 살로메. 니이체로 하여금 "짜라투스트라는 이렇게 말했다"를 쓸 수밖에 없도록 만든 여자, 루 살로메. 다음 칼럼에서 그녀를 얘기해보자.

[새충청일보 2006. 06. 02 "박화배시인의 문학칼럼"]

문학과 사랑(Ⅲ)

영국의 시인 뷔너는 "인간은 사랑하기 위해 존재한다. 인간이 사랑하지 않는다면 이미 살아 있다고 말할 수 없다."라고 했다. 인간의 존재 의미를 사랑이라고 규정한 이 시인의 말은 타당한 것일까? 어쩌면 몇몇 사람들은 이러한 것을 논한다는 자체를 한낱 사랑타령에 불과하다고 폄하하려 들지도 모른다. 그러나 인간이 인간을 진실로 사랑한다는 것은 얼마나 숭고한 일인가. 완전하지 않은 인간을 지탱할 수 있는 유일한 것은 시간도 돈도 아닌 사랑 밖에 없지 않은가. 예수나 석가모니처럼 모든 인간을 사랑으로 끌어안을 때 그 큰 사랑은 종교로 자리매김 되어지고 개인의 작은 사랑은 한 개인이 살아가는 삶의 원동력이 되기도 하고 나아가서는 우리 주변을 감싸 안는 따뜻한 인정이 되기도 한다. 불가능하겠지만 아마도 세상의 모든 사람들이 서로를 진실로 사랑한다면 이세상은 질투도 모략도 미움도 아픔도 전쟁도 없는 천국이요 낙원이 될 것이다. 하지만 삶의 본질을 상실할 만큼 복잡하고 빠르게 변해가는 인간의 물질문명은 우리의 사랑을 잃어버리게 하고 잃어버리고 있다는 사실조차도 망각한 채 살아가도록 하는 것은 아닐까.

　지금 우리는 물질의 풍요 속에서 살아가고 있는 만큼 사랑의 빈곤 속을 살아가고 있는지도 모른다. 물질은 지금보다는 부족하고 삶은 다소 구차했지만 사랑은 풍요로웠고 그 풍요로웠던 사랑의 힘으로 철학과 음악과 미술이 꽃피고 문학이 살찌던 그런 시간 속에 살던 사람들 틈 속에서 보석처럼 빛났던 여자 루 살로메를 얘기해 봐야겠다.

　무거운 마차를 끌면서 채찍을 맞는 말의 눈빛이 너무나 슬퍼 보여서 말의 목을 부둥켜안고 눈물을 흘렸다는 철학자 니이체, 그가 한평생 사랑했다는 여자 루 살로메. 니이체가 이지적이고 오묘한 매력을 지닌 루 살로메를 만난 것은 로마 여행길에서 였다고 한다. 루 살로메를 만난 니이체는 그녀를 보자마자 그녀의 이지적이고 매력적인 아름다움에 빠져들었고 그러한 그는 그의 친구에게 편지로 그녀를 이렇게 묘사했다.『그녀는 독수리 같은 혜안을 가졌고, 사자처럼 용감하고 그러면서 오래 살 수도 없을 것 같은 소녀와 같은 아이다…… 그녀는 믿을 수 없을 만큼 빈틈없는 성격을 지녔으며, 자신이 의도하는 것을 너무나 정확하게 알고 있다.』

　이처럼 니이체는 루 살로메를 정확하게 파악했고 루에게 깊이 빠진 니이체는 마침내 루 살로메에게 청혼을 한다. 하지만 루는 신비스럽고 고독한 이 남자를 받아들이지 않는다.

　고통을 끌어안고 고뇌와 씨름하던 니이체는 상실감과 마음의 고통으로 파멸직전까지 방황하지 않을 수 없었고 고통 끝에 창조적 의지를 높여서 표현하여 일주일 만에 쓴 작품이 바로 "짜라투스트라는 이렇게 말했다."이다. 이것은 사랑의 실연이 창조의 신비로 연결된 한 예로 볼 수 있겠다.

　루 살로메에게 사랑의 헌신을 바친 니이체 이외에도 정신 분석학자 프로이드와 시인 릴케가 있다. 프로이드는 "루 살로메는 여자로서 최고의 운명을 가졌다"라고 찬사를 보냈고, 릴케는 루 살로메에 대해 "루는 나의 맑고 순수한 샘물이었다. 나는 그녀를 통해서 세상을 보고 싶었다."라는 헌사를 바쳤다.

　루 살로메는 자유인이었다. 여성의 지위가 형편없었던 시절 루는 자신의 삶을 스스로 만들어 갔고, 그녀는 세 명의 지성과 철학, 문학, 심리학 등을 교류하며 그들에게 창조적 아니마를 주어 그들 각자의 분야에서 빛나는 업적을 이루게 하는 큰 힘을 발휘할 수 있게 했다. 특히 릴케에게 루 살로메가 없었다면 시인으로서의 릴케는 존재하지 않았을지도 모른다.

[새충청일보 2006. 06. 16 "**박화배시인의 문학칼럼**"]

문학과 사랑(Ⅳ)

내 눈빛을 지우십시오
나는 당신을 볼 수 있습니다
내 귀를 막으십시오
나는 당신을 들을 수 있습니다
발이 없어도 당신에게 갈 수 있고
입이 없어도 당신을 부를 수 있습니다
나의 양팔이 꺾이어 당신을 붙들 수 없다면
나의 불붙은 심장으로 당신을 붙잡을 것입니다
나의 심장이 멈춘다면 나의 뇌수라도
그대를 향해 노래할 것입니다
나의 뇌수까지 불태운다면
나는 당신을 내 핏속에
싣고 갈 것입니다.

-릴케의 루 살로메 중에서-

누가 사랑의 표현을 이보다 더 격정적으로 표현할 수 있겠는
가. 이러한 시로 봐서 14살 연상인 이지적인 루 살로메는 어리다
고만 생각했던 정열적이며 사랑의 기교가 뛰어난 무명시인 릴케

의 서정적 공격에 저항할 수 없게 되었을 것이다. 아니 어쩌면 모성애를 불러일으키는 병약한 듯한 외모의 프라하에서 철도회사에 근무하는 아버지와 고급관리의 딸인 어머니 사이에서 미숙아로 태어난다. 어려서부터 시인적 소질이 풍부한 어린 릴케는 부친의 권유로 군사학교에 들어가지만 병약한 그는 군사학교의 생활을 견디지 못하고 중퇴를 하게 된다. 그 뒤 20세 때인 1895년 프라하 대학 문학부에 입학하여 문학수업을 받게 된다.

르네 마리아 릴케가 루 살로메를 만난 것은 루의 나이 36살 때인 4월이었고 당시 릴케는 22살 밖에 안 된 문학청년이었으며 전혀 알려지지 않은 무명시인이었다. 무명시인 릴케가 루 살로메를 만난 것은 행운이었다. 이들 두 사람은 첫 만남 이후 급속히 가까워졌으며, 격정적인 사랑에 빠진 릴케는 루 살로메를 만나고 집으로 놀아가서는 늘 자기 심정을 시로 쓰곤 했다. 또한 루 살로메는 다소 여성스러운 "르네"라는 릴케의 이름을 "라이너"로 바꾸어 주었으며 릴케는 평생 동안 우리에게 알려진 것처럼 루 살로메가 바꾸어 준 "라이너 마리아 릴케" 라는 이름으로 지내게 된다. 이러한 두 사람은 뮌헨 근교의 농가를 빌려 보헤미안적인 신혼생활을 하였고 두 사람은 열렬히 뜨겁게 서로를 사랑했다. 루는 격정인 사랑을 하면서도 객관적인 자세를 보인반면 릴케는 절망적일 정도로 루 살로메에게 달라붙어 생활을 했다. 1900년 그녀와 두 차례 러시아 여행을 같이 하면서 릴케는 불우한 어린시절의 그늘을 떨쳐 버리고 삶과 죽음에 대한 심미적인 평형상태에 이르게 된다. 이 여행은 시인으로서 릴케의 새로운 출발을 촉진하였고, 그의 진면목을 떨치게 한 계기가 되었다. 또한 릴케는 자기의 개성에 눈을 뜬 시기로서 러시아 여행의 체험은 그의 시세계에 깊은 종교성을 가미하게 하였다. 물론 릴케가 이렇게 된 것은 루 살로메의 객관적인 시각과 영향의 결과라고 할 수 있다. 더 자세히 말하면 루는 여행 중에 릴케의 영혼 속에 감추어진 자학과 불안을 감지하고 오래 감당할 수 없음을 알게 된다. 그리고 릴케의 예술적 천재를 꽃피울 자유를 위해서 그를 떠나야한다고 결심한다. 결국 루는 릴케를 떠났고 죽음보다 더 큰 이별의 아픔 속에서 릴케는 명작『두이노 비가』, 『헌시집』등 생애 최고의 걸작을 쏟아냈다.

그러나 그 후에도 인생의 위기에 봉착하면 릴케는 언제나 루 살로메에게 도움을 청했고, 그 때마다 루는 친절하면서도 균형 잃지 않는 자세로 릴케를 평생 돕는다. 릴케의 영원한 연인 루 살로메. 생애 처음 격렬한 사랑을 고백했던 니이체에게 그녀는 치명적인 여인이었으나 릴케에게는 진정한 뮤즈였다. 그녀는 그에게 자신의 영혼조차도 기꺼이 바치고자 했다. 릴케는 이렇게 토로했다. "애초에 그렇게 가망 없는 존재였음에도 그녀에 이끌려 나는 구원에서 구원으로 나갔다."라고. 어쩌면 릴케는 루 살로메를 만나지 못했다면 무명시인으로 생을 마치고 말았을 것이다. 사랑은 이렇게 위대한 시인을 만들 수 있는 무한한 힘을 가지고 있다. 사랑하는 마음은 인간이 가질 수 있는 가장 완전한 총체적 삶의 본질이다. 우리가 살아가는데 무엇이 더 필요하겠는가.

[새충청일보 2006. 06. 30 "박화배시인의 문학칼럼"]

문학과 사랑(Ⅴ)

텔레비전이 일반화되기 전에 대부분의 사람들은 라디오를 통해서 드라마를 듣곤 했었다. 그때엔 성우의 목소리를 듣고 드라마 속의 인물들을 상상하며 나름대로 드라마를 청취했었다. 어쩌면 라디오드라마는 시청자들의 상상력에 의해서 작품이 완성되었는지도 모르겠다. 드라마 속 주인공들의 목소리는 맑고 기품이 있게 들리고 상대적으로 악한이나 사기꾼 따위의 목소리는 험악하고 탁하며 목이 쉰 듯한 목소리를 가졌었던 것으로 기억된다. 요즈음 외화를 더빙하는 목소리도 등장인물의 외모와 성격에 걸 맞는 목소리를 가진 성우가 더빙을 한다. 목소리의 중요성은 그 사람의 외모를 능가한다고 해도 과언이 아니다. 예부터 사람들은 목소리가 영혼으로부터 나온다고 은연중에 생각을 하고 있었다. 아무리 잘생긴 외모를 가진 사람이라도 목소리가 가늘다거나 쉰 듯한 목소리를 낸다면 그 잘생긴 외모는 점차로 상대방의 관심에서 멀어지게 된다고 한다. 그만큼 목소리는 보이진 않지만 보이는 외모 이상으로 한 사람의 인상을 규정짓는데 큰 역할을 한다.

아마도 그 옛날 개성의 명기 황진이도 이러한 사실을 알았나

보다. 알려진 바와 같이 황진이는 외모가 출중하고 시[詩]와 가무가 능하고 학문의 정도가 꽤나 되어서 당대의 한가락 한다는 남성들은 물론 오늘날까지도 남성들의 가슴에 흠모의 대상으로 남아있는 여인이며, 우리나라의 남성들이 가장 만나고 싶어 하는 역사적 인물들 중 1위를 차지하고 있을 정도로 그녀의 명성은 대단하다. 이러한 황진이는 그 당시에 너무나 탁월한 재색을 겸비하고 있었기 때문에 조선팔도의 명사들이 그녀의 환심을 사기위해 그녀에게 접근할 기회를 노리는 것은 당연한 일이었다. 더더욱 그녀의 명성이 널리 알려지게 된 것은 면벽수련을 30년 동안이나 해서 생불이라는 칭송을 받고 있던 고승 지족선사를 유혹하여 파계승으로 전락시키면서부터 라 한다. 하여 황진이에게 내놓으라는 학자, 고승, 고관, 장군, 시인 ,묵객들이 모여 들었고, 가부장적인 강한 남성중심사회에서 한가락 한다는 이들을 황진이는 그녀의 도도한 콧대로 품어 안을 듯 잡힐 듯하나 결코 자신의 정절을 지켜가며 잡히지 않는 절묘한 사랑의 몸짓으로 빼어난 아름다운 자태와 함께 당대의 명사들을 안달하게 하여 모두가 짧은 기간의 교유로 끝나게 하였다고 한다. 이러한 황진이의 이성을 대하는 태도는 아름답게 피어난 한 떨기 꽃이기는 하나 결코 흐드러지지 않고 긴장감을 갖는 절제의 미였으며, 그녀는 이미 그것을 터득하고 있었는지도 모른다.

당시 여염집 아낙이나 사대부집 마님들은 엄격한 유교의 도덕적 윤리에 숨조차 제대로 쉬지 못한 채 남존여비의 무거운 굴레를 쓰고 삼종의 도(결혼하기 전엔 아버지를 따르고 결혼하고 나서는 남편을 따르고 남편이 죽은 후에는 아들을 따르는 것.)

를 따르면서 많은 천대를 받던 때였다. 말 그대로 남자는 존귀한 사람이었고 여자는 노예나 다름없어 결혼하면 질투하는 것조차도 금기시 되었고 항상 남편의 말에 복종해야하는 그러한 시대였다.

이러한 시대적 배경에도 불구하고 지존 같은 남성들과 시와 문학을 얘기하고 음악을 연주하며 가무를 즐겼던 여자 황진이를 어찌 사모하지 않을 수 있단 말인가. 릴케의 연인 루 살로메가 이성적이며 학문적이었다면 황진이는 시와 문학, 예술과 풍류를 아는 그러면서도 이성과 감성이 조화롭게 균형 잡힌 사람이었다. 특히 그녀는 시조를 통하여 뛰어난 문학적 재능을 유감없이 발휘했고, 사랑에 관한 내용을 담은 그녀의 작품은 당시 관습화되어가던 사대부 시조에 활력을 불어 넣었다고 높이 평가 되고 있으며, 황진이의 시소에 이르러서야 기녀 시조가 본격화되는 동시에 시조 문학이 높은 수준에 달했다고 한다.

부와 명예를 가진 남자도, 잘 생긴 남자도 아닌 목소리가 좋은 남자에게 반한 황진이 얘기를 다음 칼럼에서 더 얘기해보도록 하겠다.

[새충청일보 2006. 07. 14 "박화배시인의 문학칼럼"]

문학과 사랑(VI)

아마도 황진이 하면 누구나 그녀를 잘 알고 있는 듯 생각하지만 그녀에 대해서 그녀가 누구인지를 묻는다면 막연하게 아는 듯 하지만 사실은 아는게 별로 없는 것이 사람들이 알고 있는 황진이이다. 좀 안다면 그저 조선시대의 절세가인이며 시조를 가슴에 절절이 와 닿도록 지었던 전설처럼 아름다운 기생이라는 정도 일 것이다.

필자도 고교시절 황진이의 시조 한가락에 반하여 상상속의 황진이를 만나곤 했었다.

동짓달 기나긴 밤을 한 허리를 버혀 내어
춘풍 니불아레 서리서리 너헛다가
어룬님 오신 날 밤이여든 구뷔구뷔 펴리라.

- 황진이 시조 -

이 얼마나 사랑하는 사람을 그리며 기다리는 간절한 마음의 표현인가. 중. 고교 시절 문학에 관심을 가졌던 사람이라면 아마도 황진이의 이러한 시조를 접하고 가슴 설레 임으로 몇 날

며칠을 지냈던 기억들을 가지고 있을 것이다. 그리고 지금도 사람들은 여전히 그 시조의 절절한 그리움 배인 사랑표현에 가슴이 따뜻해져 옴을 느낄 것이다. 그러면서 사람들은 몇 백 년 전에 한 여자에 의해 쓰여 진 몇 줄의 시가 갖는 문학의 힘에 대해서 찬탄을 금치 못할 것이다. 이것은 문학이 우리의 삶에 커다란 부분으로 작용한다는 증거이고, 어쩌면 인간의 삶과 문학이 일체처럼 느껴진다 해도 과언은 아닐 것이다.

우리가 기생하면 언뜻 남자와 육감적인 사랑을 나누고 술과 잡다한 얘기와 노랫가락 정도 부르면서 남자들의 비위를 맞추며 접대하는 여자 정도를 생각할 것이다. 아마도 일반적인 기생의 대부분은 그러했을 것이다. 만일 황진이도 그와 다를 바 없었다면 한낱 관원 남성들의 노리갯감으로 존재했을 뿐 이렇게 유명하고 신화적 존재로 지금까지 우리 곁에 남아있지 못했을 것이다.

그러면 이런 특별하고도 신화적인 황진이에 대해 좀더 자세히 알아보자.

황진이의 전기에 대하여 상고할 수 있는 직접적인 사료는 어디에도 없다. 그러기에 간접사료인 야사에 의존할 수밖에 없으며 야사인 만큼 세월의 살이 붙어 많은 자료가 전해지고 있기는 하나 각양각색으로 다른 이야기들을 전하고 있어 분별에 어려움이 있다. 그리고 후대로 올수록 너무나 신비화 시키는 바람에 더욱 그 허실을 가리기가 어렵다는 것도 사실이다. 허균은 그의 사적 식소록識小錄에서 그녀를 맹인의 딸이라고 했고, 이덕동의 죽창야사竹窓野史나 이덕형의 송도기이松都奇異등에서 설화 비숫하게 출생을 기록하였으나 거의 신빙성이 없어 보인다고 한다. 기록이 존재하지 않아 신비의 베일에 쌓인 여인 황진이.

그녀는 조선 중종 때 개성의 기생이었다. 그녀는 1520년대에 태어나서 1560년대 쯤 젊은 나이에 죽었을 것이라고 추측하고 있다. 거문고를 잘 타고 고혹적인 매력을 지닌 기생 진현학금과 황진사 사이에 태어난 황진이는 용모가 출중하고 예민하였으며 예술적 재능이 뛰어나서 그녀를 모르는 사람이 없었다. 이렇게 여러 면으로 출중한 황진이를 옆집 총각이 짝사랑하여 상사병에 걸렸다. 그러나 황진이의 양모 신씨는 그 총각을 절대로 만날 수 없게 하여서 그 옆집 총각은 그만 상사병으로 죽게 되었다. 발인 날이 되어 그 총각의 상여가 황진이의 집 앞을 지나다가 땅에 붙어서 움직이지 않았고 이것을 안 황진이는 속저고리를 벗어 상여를 덮어주니 그제서야 상여가 움직여 장지로 갈 수가 있었다고 한다. 그 일이 있은 후 황진이는 기생이 되었다고 전한다.

그 당시 기생은 선비들과 상대 했으니 그들의 학문적 예술적인 면을 충족시켜주기 위해 시조와 노래, 거문고나 가야금과 같은 악기를 심도 있게 다룰 줄 알았으나 대부분 관원 남성들이나 그 밖의 선비들과 육감적인 사랑놀이에 머물고 있었다. 그러나 황진이는 육감적인 것에 머물지 않고 고차원의 정신적 교양과 그녀의 미모와 지성이 부합되어 그 당시 수많은 명사들의 애를 태웠다고 한다. 아름다움을 그리는 것은 예나 지금이나 같은 것이어서 황진이와 관계된 인물로는 여럿이 있지만 송도삼절 중의 하나인 화담 서경덕, 왕족 벽계수, 면앙정가로 유명한 재상

송순, 나중에 더 자세히 다룰 소세양이나 이사종과 같은 거출한 인물들이 있었다. 사람은 모름지기 걸출한 인물과 놀아야 되나 보다. 루 살로메도 릴케, 니이체, 프로이드 같은 세기의 유명인사와 관계되니 황진이와 더불어 지금까지 회자되고 있지 않은가. 많은 세월이 지나면서 황진이의 얘기는 살이 쪄가고, 황진이를 소설화한 전경린 같은 현대문인들에 의해서 황진이는 단순한 기생이 아닌 시조시인으로 거듭나고 전 국민의 애인이 되어 버렸다. 특히 황진이가 오늘 날까지 숭앙을 받는 것은 그녀의 문인다운 면, 즉 현재 남아 있는 6수의 시조와 일정한 학문적 교양을 쌓아야 지을 수 있는 한시 4수가 있기 때문 일 것이다. 황진이처럼 많은 세월이 흘러도 사모할 수 있도록 가슴에 와 닿는 시를 지을 수 있는 사람이 몇이나 될까.

[새충청일보 2006. 07. 28 "박화배시인의 문학칼럼"]

문학과 사랑(Ⅶ)

어져 내 일이야 그릴 줄을 모르냐

이시라 더면 가랴마 제 구야

보고 그리 졍은 나도 몰라노라.

- 어져 내일이여 -[황진이 시조]

현대어로 풀이하면 다음과 같다. "아! 내가 한 일이 후회스럽구나. 이렇게도 사무치게 그리울 줄을 미처 몰랐더냐. 있으라 했더라면 임이 굳이 떠나시려 했겠냐마는 내가 굳이 보내 놓고는 이제 와서 새삼 그리워하는 마음을 나 자신도 모르겠구나."

정이란 그 대상이 가까이 있을 때보다 멀리 떨어져 있을 때 더욱 그리워지는 법이다. 떠나려는 님을 만류할 수도 있었겠지만, 떠나게 두어 두고는 그리워서 애달파하는 마음을 섬세하고 정결하게 표현하였다. 겉으로는 아닌 척하지만 내면으로는 외롭고 연약한 서정적 자아의 정신세계가 깊은 공감을 불러일으키는 시이다. 님을 떠나보낸 후의 회한을 진솔하게 표현해내고 있는 이 시조는 당시 대제학을 지내던 소세양이라는 유명한 문인을 떠나 보내놓고서 황진이가 지은 시조이다.

이덕형李德炯이 쓴 송도기이松都記異에는 황진이에 대하여「그녀의 미모와 재예는 당대의 최고이고, 노래도 절창이어서 선녀라는 별명을 얻었다」라고 기록되어져 있다.

한 사람의 인간 황진이를 선녀라고 찬미한 것은 다소 지나친 것 같은 생각이 들기는 하나 어느 좌석에서나 황진이의 노래를 들은 그 시대의 명사들은 한결같이 그 목소리와 표정에 도취되어서 그녀가「선녀인가 아니면 신녀인가」라고 극찬하며 얼이 빠질 정도였다고 한다. 그것은 황진이가 누구보다도 특별히 멋들어지게 노래를 잘 불렀고 또한 얼굴뿐만 아니라 자태 또한 빼어나게 아름다웠기 때문이리라.

이러한 황진이에 대해서 그 당시 대단한 명사였던 대제학 소세양도 입에서 입으로 건너와 알 수 없는 연정을 불러일으키고 궁금증을 커가게 하는 황진이를 만나지 않을 수 없게 된다. 그러나 소세양은 황진이가 아무리 절세가인이라 할지라도 한낱 치마 두른 여자에 불과할 것이라 생각하고 그의 친구들에게 "아무리 황진이가 절세가인이라 해도 여색에 미혹되면 남자가 아니다."라고 말하고, 덧붙여 "황진이의 재주와 용모와 자태가 뛰어난다고는 하나 내가 그녀와 한달을 지낸다 해도 마음이 움직이지 않을 자신이 있네. 내가 하루라도 더 묵는다면 사람이 아니네."라고 호언장담을 하였다.

그러나 막상 송도(지금의 개성)로 가서 황진이를 만나보니 과연 뛰어난 사람이었다. 소세양은 황진이와 함께 지내면서 시간을 보내면 보낼수록 어느 여자에게서도 느껴본 적이 없는 조화로운 아름다움을 천성처럼 가진 황진이에게 깊이깊이 빠져들어

갔다.

절세가인 황진이에게 몸과 마음을 사로잡힌 소세양은 무릉도원의 세월처럼 한 달이라는 시간이 순식간에 지나감을 느꼈다.

무릇 사람은 진실로 사랑하고 좋아하는 사람과 같이 있게 되면 시간의 개념이 무너져 감각이 상실되어져 간다는 것을 그때서야 소세양은 뼈 속 깊이 깨닫게 되었고 호언장담했던 자신의 어리석고 부질없는 친구들과의 약조를 한없이 후회했다. 허나 어쩌랴. 사내대장부, 아니 대제학 소세양이 한낱 여자에 미혹되어 남자 됨을 포기할 순 없지 않은가.

어쩔 수없이 떨어지지 않는 발걸음으로 떠나려하니 가슴에 넣고 사르고 싶을 만큼 사랑스러운 여자, 이 세상 어디에도 없을 만큼 아름다운 여자 황진이가 누각에 올라 시詩를 읊지 않는가.

달빛 아래 오동잎 모두 지고
서리 맞은 들국화는 노랗게 피었구나
누각은 높아 하늘에 닿고
오가는 술잔은 취하여도 끝이 없네
흐르는 물은 거문고와 같이 차고
매화는 피리에 서려 향기 로워라
내일 아침 님을 보내고 나면
사무치는 정 물결처럼 끝이 없어라.

– 봉별 소양곡 세양(奉別蘇陽谷世讓)［황진이 시조］–

이 시를 들은 소세양은 결국 탄식을 하면서 "나는 사람이 아

니다.” 라며 가던 발걸음을 되돌려 들어와 더없이 머물렀다고
한다.

황진이에게는 많은 사람들이 오고 갔으나 그녀는 평생 두 사
람을 가슴속에 품고 생각하며 사랑했다. 그 중 한 사람이 바로
당대의 유명한 문인이며 대제학을 지냈던 소세양이다.

[새충청일보 2006. 08. 11 “박화배시인의 문학칼럼”]

문학과 사랑(Ⅷ)

- 황진이의 꿈 -

　이 詩는 김성태 작곡으로 "꿈길에서"라는 제목의 가곡으로 작곡되어져 지금까지 애창되고 있다. 이 시에서 황진이가 말한 "님"은 누구일까? 아마도 그것은 소세양 일수도 있고 선전관 이사종 일수도 있을 것이다. 황진이가 유명한 문인이면서 대제학인 소세양을 한 남자로서 평생 가슴에 두고 사랑하기는 했지만, 평생 동안 부부의 연을 맺은 사람은 유일하게 이사종李土宗이라는 사람뿐이었다.

　선전관 이사종은 노래를 잘 불렀다. 일찍이 사신으로 가는 길에 송도를 지나가다가 천수원 냇가에서 말을 쉬게 하였다. 갓을 벗어서 배위에 덮고 드러누워 하늘을 바라보다가 저절로 홍에 겨워 두어 가락을 청아한 목소리로 읊었다. 때마침 그 곳을 지나던 황진이도 천수원 밖에서 말을 쉬게 하다가, 이사종의 청아한 노래 소리에 귀를 기울이게 되었다. 황진이가 한참동안을 듣고 나더니 혼자 중얼거렸다. "저 노랫소리는 시골구석에서 부르는 노래가 아니다. 듣자하니 한양에 이사종이라는 멋진 풍류객이 있다는데 혹 그 사람은 아닐까?" 하여 사람을 시켜 알아보니 과연 당대의 명창 이사종이 틀림없었다. 황진이는 자리를 옮겨가서 이사종에게 접근하였고, 서로 자기의 심경을 이야기한 끝에 이사종을 집으로 모시게 된다. 그 당시 황진이의 아름다운 모습과 문학과 예술의 뛰어난 재능에 당대 내놓으라하는 사람들이 황진이를 찾아 모여들었지만 이처럼 황진이가 한 남자에게 반하여 접근한 것은 이사종 밖에 없었던 것이다. 그 당시에 아름다운 목소리로 명성이 높았던 이사종은 황진이가 흔히 사용하는 수단을 역이용하여 그녀에게 의도적으로 접근해 황진이를 향한 뜨거운 연정을 노래로 멋지게 호소했다는 것이다. 결국 자기의 연정을 노래로 표현하는 정열적인 이사종의 표정과 아름다운 목소리에 반한 황진이는 이사종과 함께 살기로 약속을 하게 되었는데, 오늘날 흔히 말하는 계약결혼과 같은 방법이었다.

지금으로부터 약 120여년 전인 1887년에 루 살로메가 프리드리히 칼 안드레아스와 계약결혼을 한다. 또 세계의 주목을 받은 사르트르와 시몬 드 보브와르의 계약결혼이 1929년임에 비해 이미 16세기에, 그것도 유교의 도덕적 윤리가 팽배하게 사회 전체를 지배하고 있는 조선시대 중기에 계약결혼을 했다니 참으로 황진이가 얼마나 시대를 앞서가며 산 사람인가를 알 수가 있다.

아무튼, 처음의 3년은 황진이의 집에서, 다음의 3년 동안은 이사종의 집에서 각각 생활을 책임지면서 즐겁게 살자는 약속을 했고, 그 두 사람은 그 약속을 충실히 실행했다. 계약된 기간 동안의 생활이라서 더 애틋했을까? 꿈같은 6년 동안의 생활은 끝났고, 황진이는 약속한대로 이사종과 헤어져 미련없이 송도로 돌아왔다. 부와 명예를 가진 남자도, 잘 생긴 남자도 아니지만 그의 아름다운 목소리에 스스로가 반하여 사랑한 황진이인데 왜 미련이 없었을까. 그러한 감정을 속으로 삭히면서 처리하는데 냉정한 일면을 보여주는 황진이이지만, 한 여자로서 지아비에 대한 애틋한 마음을 품고 있어 다음 같은 아름다운 사랑의 애잔함을 표현한 시조를 쓰기도 했다.

동짓달 기나긴 밤 한 허리를 베혀내어
춘풍 이불아래 서리서리 넣았다가
어론님 오신 날 밤이어든 굽이굽이 펴리라.

- 황진이 시조-

시대를 앞서가고 자유분방한 삶을 산 여자, 황진이는 40살이 되던 여름에 병사한 것으로 알려져 있다. 그녀의 몸은 죽어 묻혀 백골이 되었지만 사람들은 여전히 그녀를 사모하기를 그치지 아니한다. 그러한 사람들 중 기억해야 할 사람이 백호 임제이다.

평생 황진이를 못내 그리워하고 동경하던 그는 마침 평안도사가 되어 가는 길에 송도에 들렀으나 황진이는 이미 이 세상

사람이 아니었다. 절망한 그는 그 길로 술과 잔을 들고 황진이
의 무덤으로 찾아가 눈물을 흘리며 다음의 시조를 지어 황진이
를 애도했다.

청초 우거진 골에 자느다 누웠느다
홍안은 어디 두고 백골만 묻혔나니
잔 잡아 권할 이 없으니 그를 슬퍼하노라.

-임제 시조-

조정의 벼슬아치로서 체통을 돌보지 않고 한낱 기생을 추모
했다하여 임제는 결국 파면을 당하고, 얼마 지나지도 않아 그도
죽게 된다.

누구나 맞이해야 하는 죽음. 황진이는 죽었지만 그녀의 문학
은 남아 우리는 오늘도 거리에서, 혹은 어느 가난한 문학가의
서재에서 여전히 아름다운 모습의 황진이를 만나고 있다.

[새충청일보 2006. 08. 25 “박화배시인의 문학칼럼”]

제3부

보길도 가는 길

보길도 가는 길(1)

지도를 보면 그 유명한 완도가 남쪽 끝머리에 매달려 있고, 그 아래로 몇 센티미터 정도 내려가면 그리움 담은 보길도가 푸른 빛깔에 쓸려갈 듯 작은 점으로 놓여져 있다. 나는 그곳으로 가는 길이다.

서대전역에서 아침 5시 30분 무궁화열차를 타고 호남선을 따라 풍요로운 가을 풍경을 스치며 내려갔다. 어둡던 차창 밖은 어느새 아침햇살로 빛나고, 졸음에 겹던 내 눈까풀도 기지개를 펴며 지나치는 풍경에 여유로운 마음을 담는다.

푸른 하늘,

같이 달리는 아스팔트 신작로, 길에 줄지어 가득 피어 흔들리는 코스모스, 바지저고리선 같이 둥그스름한 아직 단풍이 들지 않은 산들……

어느새 기차는 정읍을 넘어서 장성을 향해 달리고 있었다. 정읍 아래는 여전히 낯설게 느껴진다. 이 땅들은 내 과거에서 곤혹스럽게 편견과 타성의 오판으로 오염되어 존재하였고, 지금은 내가 가장 아끼고 사랑하고픈 땅들이다. 한국韓國을 길러내고 내가 사랑할 수 있고 소중하게 생각하는 이들을 낳은 이 땅들.

혹자는 전라도를 프랑스에 비유하고 경상도를 독일에 비유하기도 한다. 경상도는 독일 경제의 기적을 이루어 낸 라인강처럼 긴 낙동강이 있고 학문적이고 철학적인 면이 발달한 것이 흡사하며 언어의 투박함까지도 서로 닮았다는 것이다. 반면에 프랑스는 전라도처럼 많은 강들이 흘러 낮은 산과 평야가 발달되어 농업이 번창하고, 예술이 뛰어나고 언어조차도 지형을 닮아 부드러운 것이 전라도와 영락없이 닮았다는 것이다. 더욱이 음식이 발달한 것까지 전라도와 닮았다.

왜 사람들은 이러한 땅과 이곳 사람들을 생각도 없이 미워해 왔을까?

많은 세월동안 이들은 같은 민족에게 시달려 왔고 왜구에게 시달렸고 또 가난에 시달려 온 사람들이 아닌가. 원래 전라도 사람들은 농경민답게 착하고 평화를 사랑하는 사람들이었다고 한다. 그러나 역사는 그들을 억세게 만들고 착한 농경민으로만 놔두지 않았다. 여러 가지 이유가 그렇겠지만, 후백제를 무너뜨린 고려 태조 왕건의 훈요십조 중 8조가 우리 민족을 처음으로 지역편견의 담을 쌓게 한 것이리라. "차령이남 공주 강 밖의 주민은 간교하니 벼슬도 주지 말고 사돈도 맺지 말라"는 기록으로 보아 편견은 오래 전부터 시작되었던 것이다.

이처럼 고려 태조에게서 비롯된 편견 속에서 벼슬길이 막혀버린 이 고장 사람들에게는 그들의 정열을 쏟아 넣은 길은 오로지 예술의 길뿐이었으리라. 그래서 일본의 가부끼와 중국의 경극에 견줄만하며 외국의 오페라에 비교해도 손색이 없는 판소리가 전라도에서 나오고, 또한 오늘날 세계 예술 애호가들이 입

에 침이 마르도록 찬탄을 하는 고려청자도 전라도 부안이나 강
진에서 구워낸 것이 아닌가.

고려시대는 그렇다고 치자.

全州李氏 이성계가 황산싸움에서 이기고 돌아오자 전주(완
산)사람들은 오목대에서 개선잔치를 베풀고 그를 환영하였다.
그러나 조선시대 오백년 동안에도 전라도사람들은 여전히 푸대
접이었다고 한다. 그뿐이랴. 이쁜 놈은 경기도 땅과 충청도 땅
에, 미운 놈은 함경도 변방에 전라도 남쪽변방이었으니…… 더
구나 역적으로 몰린 똑똑한 이(?)들은 전라도 해안과 도서지방
에 귀양살이를 보내니 그 땅은 외돌려져 설음을 가져야만 했다.
이런 생각을 하는 중에 어느새 열차는 광주역에 들어서고 있었
다. 부랴부랴 짐을 챙겨들고 나와 시외버스 터미널로 향했다.

광주에서 완두까지의 직행버스를 타고 영암을 지나친다. 차
창으로 다가오는 月出山. 나의 오관은 옴싹 할 수도 없었다. 그
저 경탄의 숨소리 뿐 ……

누런 들판의 한 복판에 어찌 그것이 우뚝, 신비롭고 장엄하게
서 있을 수 있단 말인가. 차라리 달리는 차에서 내려 아홉 마리
용이 승천했다는 구정봉까지 올라나 가볼까?

그러는 사이에 해남- 그리고 莞島이다.

예전엔 똥개도 동전 한 닢은 물고 다녔다는 풍성한 완도.

해는 이미 서서히 넘어가고 보길도로 들어가는 배는 끊어진
지 오래였다. 온 종일 지친 몸을 싸구려 모텔에 의지하기하고
숙소를 정한 후 밤바람을 쏘이며 부둣가에 나가 싱싱한 바다고
기를 구경했다. 여행자의 여유로움을 느끼며 천천히 걷다가 숙

소로 돌아 왔다. 그리고 내일 아침 배를 타기 위해 일찍 잠자리
에 들었다.

[새충청일보 2006. 09. 08 "박화배시인의 문학칼럼"]

보길도 가는 길(Ⅱ)

[세연정 정원에서]

아직 어둠이 가셔지지 않은 바다, 그 차디찬 남해의 맑은 물을 헤치며 배는 섬들 사이를 지나고 해는 붉게 바다를 물들이며 물위에 얼굴을 내밀었다. 어디선가 "둥둥" 북소리가 들려오는 듯, 해는 꼬리를 감추고 바다 위로 장엄하게 떠올랐다. 금빛으로 물든 바다. 마치 새로운 세계에 와 있는 듯한 황홀감과 흥분이 전신을 휩쓸어 마치 내가 바다가 된 느낌이었다. 뱃길로 두어 시간 후에 蘆花섬에 도착했다. 여객선에서 내리자 선착장 모퉁이에 작은 통통배가 보길도라는 팻말을 달고서 물결에 흔들리고 있었다. 그 배를 보자 공연스레 가슴이 뛰고 반갑고 해서 옆 사람에게 물어보니 저기 눈앞에 보이는 섬이 보길도란다. 배는 통통거리며 앞으로 나가고…….

작은 섬들이 여기저기에서 얼굴을 내밀었다.

여기는 바다가 아니고 민물냄새가 나는 듯 했고 호수가 아닌가 싶을 정도로 잔잔하고 고요했다. 이 바다에서 윤 고산은 漁父四時詞를 지은 것이 아닐까?

앞개에 안개 걷고 뒷산에 해 비친다.

배 띄어라, 배 띄어라.

밤물은 거의 지나고 낮물이 밀려온다.

至匊忩 至匊忩(제2덩 제2덩) 於思臥(어영치).

江村 온갖 꽃이 먼 빛이 더욱 좋다.

…… 중략 ……

한 30여명의 손님을 태운 통통배는 15분 후엔 보길도의 선착장에 도착했다. 버스와 택시가 운행되고 있는 보길도는 지도에서 본 것과는 달리 큰 섬이었다. 나는 마을사람들에게 물으며 고산을 찾아 황토고갯길을 넘어 걸었다.

약 30분 후에 펼쳐진 동백나무숲으로 둘러진

"洗然亭庭園과 芙蓉洞"

부용처럼 산들이 연꽃잎모양을 하고서 둘러 싸여 있었고 세연정 연못에서 흘러나오는 물은 맑아서 피로한 나그네의 마음에까지 와 닿아 시원하게 하는 듯 했다. 정원에 들어서서 한 구석에다 배낭을 내려놓고 그 맑은 물에다 손을 씻고 얼굴을 씻고 마음까지도 씻어냈다.

여행의 목적지에 온 안도감과 동백 숲과 맑은 물의 세연정 정원의 분위기에 나는 오랜만에 고향에 돌아온 노인처럼 평안함을 느낄 수 있었다. 동백나무 그늘에 앉아 젖은 얼굴을 수건으로 닦으며 주위를 돌아보고, 한참을 앉아 있다가 고산의 자취를 찾으려고 세연정 정원을 여유있게 돌아보았다.

孤山이 물과 돌, 소나무, 대나무, 달月을 벗 삼아 노래한 五友

歌와 보길도 앞 작은 섬들이 많은 바다를 배경으로 하여 지었던 漁父四時詞를 아는 사람들은 그가 이 나라 國文學史에 있어서 실로 소중한 존재임을 재삼 강조하지 않아도 충분히 알고 있을 것이다. 그 당시 이 나라 선비들은 흔히 한자말이나 한시를 모방하여 詩를 지었는데 반해서 尹孤山은 우리말의 아름다움을 살려 섬세하고도 미려하게 시조를 지어냈던 것이다. 五友歌나 漁父四時詞처럼 널리 알려진 것 말고도 그의 소박한 마음을 엿볼 수 있는 시조는 많은 것 같다.

"보리밥 풋나물을 알맞춰 먹은 후에
바횟끝 물가에 슬카장 노니노라
그남아 여남은 일이야 부럴줄이 이시라"

그의 시조 세계가 이처럼 조용하고 소박한 것과는 달리 그의 삶은 귀양살이, 벼슬길, 은둔생활로 이어져 몹시 굴곡이 심했다.

[새충청일보 2006. 09. 22 "박화배시인의 문학칼럼"]

보길도 가는 길(Ⅲ)

[윤선도 삶의 시대적 배경]

원래 윤선도는 서울 연지동에서 태어나 일곱 살 때인가 여덟 살 때에 해남으로 양자를 와서 지냈다고 한다. 한창 어리광을 피울 나이에 생부모와 떨어져 살아야하는 슬픔을 어린 윤선도 尹善道는 마을 뒤의 두륜봉에 올라 앞에 펼쳐진 바다를 보며 스스로를 위로했는지도 모른다.

그가 살다간 시기는 나라 안으로는 당파싸움이 치열했고, 나라밖으로는 日本과 靑나라가 잇달아 쳐들어옴으로써 나라는 온통 피로 물들어 있던 시대였다. 광해군을 몰아내고 인조를 왕위에 오르게 했던 인조반정 때에 서인이 공을 세웠던 것이 계기가 되어 효종, 현종 때에도 줄곧 서인의 세력이 하늘을 찌를 듯 높았던 터이라 남인의 세력 하에 있었던 윤 고산은 정치싸움에서 난처한 경우를 당하기가 일쑤였다. 그런 정치싸움의 곡절로는 이 나라 당파싸움의 어처구니없음을 지적할 때에 곧잘 들먹여지는 효종의 "산릉문제"와 조대비의 "복상문제" 같은 것도 끼여 있을 정도였다. 어릴 때부터 윤선도에게서 學文을 배웠고 그 때문에 서인의 등살에도 불구하고 그를 아껴왔던 효종이 죽

자 윤선도는 효종의 무덤을 쓰는 문제와 조 대비의 복상문제를
두고 서인이었던 우암 송시열 선생의 일파와 입 싸움을 치열하
게 벌이다 마침내는 함경도의 북쪽에 있는 삼수에 귀양을 가고
말았다. 이렇게 외세의 침략과 더욱 견딜 수 없는 파벌싸움의
틈바구니에서 윤 고산은 고독함과 삶의 회의를 느끼며 그 돌파
구를 찾았는지도 모른다. 그리고 삼수귀양보다도 훨씬 전인 인
조 때의 일이긴 하나 윤선도가 이곳 보길도에 와서 살게 되는
한 원인이 있게 되었다고 한다.

　병자호란이 일어났을 때의 일이다. 그 당시에 윤고산은 星山
縣監을 버리고 , 鄕里 海南에 내려와 起居하고 있을 때였는데
인조대왕은 남한산성으로, 그리고 왕손을 비롯한 왕가사람들은
강화도(옛이름＝江都)로 피난을 갔다는 소식을 들은 윤 고산은
해남지방에서 배를 타고 강화도에 갔으나, 그 때는 이미 강화도
마저 함락되고 말았었다. 하는 수 없이 배를 돌려 귀향하는 길
에 그는 인조대왕이 靑나라 太宗앞에 무릎을 꿇었다는 소식을
듣게 되었고, 엎친데 덮친 격으로 실의에 차 있던 고산 윤선도
에게 서인들로부터 "남한산성에서 임금이 고생하시고 있을 적
에 한번도 찾아오지 않았다."는 비난까지 빗발치듯 들려왔고 또
한 여지껏 당파싸움에 삶의 허무를 느끼며 있는 터라 두 번 다
시 이 世上을 보지 않겠노라고 決心하고 제주도를 향해 떠났
다. 제주도로 가는 길에 보길도에 이르렀을 즈음 풍랑을 만나
그 섬의 황원포에 잠시 정박을 하게 되었고, 이때에 이 섬의 아
름다운 경치와 아늑한 분위기에 마음을 사로잡힌 윤선도는 제
주도에 갈 것을 포기하고 기암절벽과 동백나무가 어우러진 이

섬을 보고 "차지此地가 승어제주勝於濟州라"하여 이곳 동명洞名을 부용동芙蓉洞이라 명명命名하고 정치싸움에서 찢어지고 멍든 마음을 자연과 더불어 풍류로써 달랜 듯하다. 고산연보에 의하면 이곳에 온 때가 1637년 2월로 그의 나이가 51세였다.

고산은 부용동 바위틈에서 샘솟는 맑은 물을 막아 연못을 만들고, 그 연못 가운데에는 작은 섬을 만들어 큰 바위와 소나무들을 옮겨 놓았고, 그 둘레에 작은 정자를 세워 세연정洗然亭이라고 이름을 지었다 하며 현재의 세연정은 고증을 통하여 허물어 없어진 것을 다시 복원해 놓은 것이라고 한다.

세연정은 우리나라 조경유적 중 가장 특이한 곳으로 윤선도의 기발한 착상이 잘 표현되어져 있다고 한다. 개울에 보를 막아 논에 물을 대는 원리로 조성된 세연지는 산중에 은둔하는 선비의 원림으로서 규모가 크고 화려하다 할 수 있으며, 또한 윤고산 문학의 대표작품인 어부사시사가 주로 이곳을 중심으로 창작되었다하니 세연정 정원은 문학 유적지로 그 의미가 대단하다 아니할 수 없다.

[새충청일보 2006. 10. 13 **"박화배시인의 문학칼럼"**]

보길도 가는 길(Ⅳ)

[윤선도 문학 산실 세연정]

같은 배로 온 사람들은 벌써 세연정 정원 주위를 한 바퀴 휘둘러보고 무리 지어 가버리자 다시 고요해진 연못가엔 나 혼자 고산 윤선도의 생각에 잠겨 있었다. 그럴 즈음에 자신의 재산까지 털어서 고산 사적지를 보호하려는 그곳의 향토 사학자 강종철 이라는 분을 만나게 되었고 부용동 일대를 같이 돌아다니며 많은 설명을 듣고 나니 국문학 쪽으로만 국한시켜 생각해 왔던 내 사고의 폭을 수정해야만 했다. 또한 그 향토사학자의 말을 듣고서 고산의 시詩에 나타난 것처럼 자연 속에 은거하여 자연을 벗 삼아 생활하고 즐기며 글만 쓴 은둔자로서의 이미지에서 벗어나 , 마치 이곳 보길도가 윤고산의 왕국이 아닌가 싶을 정도로 거대한 규모와 누구도 흉내 낼 수 없을 만큼의 풍류를 즐긴 것에 감탄을 연발할 뿐이었다.

한국의 고정원古庭園을 신선정원神仙庭園, 정토정원淨土庭園, 자연주의정원自然主義庭園으로 구분한다면 자연주의 정원인 소쇄원과는 달리, 윤 고산이 만든 유적지의 대표라 할 수 있는 세연정 정원은 신선정원神仙庭園에 속한다고 한다. 이런걸 봐서도 그가 그 당시 썩어빠진 당파싸움의 속세에서 벗어나 근심 없고 아름다운 곳에서 신선처럼 살기를 얼마나 원했는가를 추측해 볼 수가 있다.

그는 세연정 정원 연못에 그의 성품을 반영이라도 하는 듯 맑고 신선하고 간결하게 보이는 수련을 가득 심어 놓고 그 넓은 연못의 군데군데에 크고 작은 바위를 옮겨다 놓아 마치 섬인 양 만들어 놓고 그곳엔 신선이 산다고 하여 그 섬 사이를 소방배(삿대로 젓는)를 띄워서 타고 다니며 자신도 신선인 양 즐겼다고 한다.

이 세연정洗然亭정원은 구조면에서 볼 때 보길도에 소재한 고산의 정원 중 가장 인공적 조형처리가 잘 행해진 직선적이며 대칭적 기하학적 정원으로, 예를 든다면 동대와 서대를 들 수가 있겠다. 이 동대와 서대는 인공축대로서 동대는 평형축平形築이고 서대는 나선형축螺旋形築이다. 이것들을 이렇게 대칭적으로 만든 것과 비례해서 동대에서는 농악을 연주하게 하였고, 서대에서는 4죽관현을 연주케 하였으며, 연못 수면 위에 축조된 군무지에는 선무자(여러 무희 중에서 으뜸 무희로 뽑힌 자)가 춤을 추고 윤 고산은 그 군무지 옆 유도암에 앉아 춤추는 무희를 바라보는 것이 아니라 잔잔한 연못물을 바라보고 있었다고 한다. 우리 같은 범인들이야 여색을 즐기는데 있어서 직접적이고 노골적인 것이 대부분이겠으나, 윤 고산은 음악과 자연의 풍치가 어울려져 수면에 비치는 가운데 무희의 춤추는 모습을 다른 각도에서 봄으로써 물에 어른거리며 비치는 무희의 치마 속의 박속같은 흰 속살을 춤과 함께 엿보았을 것이다. 또한 술을 마시며 시를 읊조리다간 옆에 있는 무희에게 연못 속에 들어가 수

런을 따게 하여 여자들이 치마를 걷어 올리면 하얗게 드러나는 속살을 보며 풍류를 즐기기도 하였으니 신선神仙이긴 신선이되 참으로 한량 같은 신선이 아니었는가 싶다.

　연못하면 주위의 풍치도 중요하지만 더욱 중요한 것은 맑은 물의 수량일 것이다. 이 세연정 연못은 그런 면에서 본다면 더욱 훌륭한 연못이라 생각된다. 윤 고산은 이 못의 일정한 수량을 유지하기 위해서 5개의 물이 들어오고, 3개의 물이 빠지게 하는 오입삼출법五入三出法을 택하였다고 한다. 이것은 이론처럼 쉽게 될 수가 없기 때문에 오랜 기간의 경험에 의하여 만들어 졌을 것이라고 추측할 수가 있겠다. 또한 이 연못 하구엔 굴뚝다리라는 것이 있는데 보통다리는 받침대를 세우고 그 위에 디딤돌을 놓는 것이 예사인데 이 다리는 凹凸식으로 삼면이 모두 넓적한 바위로 규칙적이게 놓여져 있고 직선이 아니라 약 15도 가량 굽어져 놓여 있다. 이렇게 굽은 것은 홍수가 날 경우 직선이라면 쓸려 내려갈 우려가 있겠으나 그것을 고려하여 만들었기 때문에 오늘날까지 건재하다는 것이다. 이 다리의 기능은 연못의 수량 확보를 위해서 놓았으며, 또한 연못 건너에 있는 정자에 건너다니기 위해 놓았다고 하는데, 그 다리내부엔 아이들이 들어갈 수가 있을 만큼의 통로가 있고, 그 통로를 만들 때 바다의 굴 껍질을 가루로 만들어 고령토와 섞어 청주酒로 반죽하여 만들었다니 참으로 이 작은 공사에도 얼마나 지극한 정성과 성실이 스며들어 있는지 알 수 있었다.

[새충청일보 2006. 10. 27 "박화배시인의 문학칼럼"]

보길도 가는 길(Ⅴ)

[윤선도의 문학 산실 세연정 정원]

세연정 정원은 인공미와 자연미가 어우러진 정원이다. 고산은 세연정 앞의 연못에 인공섬을 만들어 나무를 심었는데 그 나무를 심기 위해서 제일 아랫바닥을 고령토로 채워 습기의 과다로 인해서 뿌리가 썩는 것을 막았다.

그리고 윤 고산은 바위 위에 나무를 심기를 대단히 좋아했는데, 그냥 바위에는 심을 수 없고 해서 바위와 바위를 겹친 사이에 흙을 채워 넣고 그 채워진 흙을 따라 물이 오도록 하는 모세혈관 작용을 이용하여 나무를 심어 성장을 가능케 했다

윤선도는 이렇듯 서재에 앉아 글만 읽는 선비가 아니고, 철학을 위시해서 경사서 제자백가經史書 諸子百家에 통달하여 정치, 학문, 예술전반에 걸쳐 조예가 깊고 천문, 음양지리. 복서, 의약 등 다방면에 통달한듯하며, 그 중에서도 시조문학에 가장 조예가 깊었다고 할 수 있겠다. 아무튼 고산은 다방면에서 얻은 깊은 성찰의 이론적 결과를 이곳 보길도에서 실제적으로 투영하여 실행하였고, 그 결과 이곳 세연정 정원을 비롯한 보길도 곳곳에 철학, 풍수, 미학, 건축의 조형, 문학 등이 고스란히 배어있

는 윤선도만의 미학의 세계를 남겼다고 할 수 있겠다.

세연정 정원을 좀더 돌아보며 고산 윤선도의 문학적 미학적 심미안을 살펴봐야겠다. 세연정자의 앞 연못가에는 칠암이라는 기이하게 생긴 거대한 일곱 개의 바위가 있는데 그 중 하나인 사투암射投嵒이라는 바위는 앞부분이 위로 솟아 있다. 그것은 고산이 세연정자에서 마주 보이는 산중턱의 옥소대라는 바위 위에 과녁을 설치해 놓고 활을 쏘는 연습을 할 때 발을 올려놓는 받침대 역할로 쓴 바위였다. 고산 윤선도는 문인이면서도 심신의 단련을 게을리 하지 않았고 심약한 문인의 표본에서 벗어나려 애를 쓴 것 같았다.

연못가를 거닐다 보면 세연정 좌측 편 한곳에 혹약암 이라는 개구리 모양의 바위가 있는데 보통사람들 같으면 아마 그 모양을 보고 "개구리바위" 리든기 히는 따위의 이름을 붙였을 것이나 고산은 "그 개구리처럼 생긴 바위가 혹시나 뛰지 않을까" 라는 의미로 "혹약암"이라는 관형적인 이름을 붙였다하니 이 한 면만 보더라도 그가 얼마나 문학적인 면이 풍부했는가를 짐작할 수 있다. 일명 와룡암이라고도 불리는 이 바위는 개구리가 막 뛰어나가려고 움츠리고 있는 모습처럼 보이는데 이것은 조정에서의 부름을 학수고대하고 있는 고산 윤선도 자신의 모습을 형상화했다는 설도 있다. 이 외에도 세연정 정원 곳곳에는 많은 얘깃거리가 있으나 그것을 다 옮겨 적는다는 것은 무리인 것 같아서 생략하겠다.

고산은 이 세연정에서 국문학사에 빛나는 시조 어부사시사를 지었다. 세상의 온갖 풍파와 시름을 거두고 유유자적하게 고기잡이를 하며 살아간다는 내용인데 강호에 묻혀 지내는 은자의

맑은 세계로 자연과 인간의 조화와 합일을 추구한 삶의 모습을
잘 나타내고 있다.

"물가에 외로운 솔 혼자어이 씩씩한고

배 매어라 배 매어라

머흔구름 원망마라 세상을 가려준다

쩌그덩 쩌그덩 어사와

파도소리 싫어마라 세상의 시끄런소리 막는도다."

……중략……

-어부사시사 중 겨울노래-

이렇듯 조선 중기의 혼탁한 정치에서 벗어나 자연의 아름다
움과 여유로운 삶을 누리고자 하는 고산의 현실관이 그의 작품
에 잘 반영되어 있다고 본다.

고산 윤선도의 어부사시사가 더욱 빛을 발하는 것은 사대부
층에 있으면서도 한문으로 시조를 쓰는 다른 사대부와는 달리
우리말로 작품을 썼다는 것이다. 우리말의 아름다움을 살려 미
려한 필체로 자연을 찬미하는 섬세한 서정적 시조를 쓴 윤선도
이지만, 현실에서 고산은 강직하고 야심이 많은 정치가였고 그
런 만큼 어려운 삶을 살기도 했다. 고산은 성균관 유생으로 있
을 때 그 당시 집권세력의 죄상을 규탄하는 소를 올려 7년 간 유
배되는 등 일생동안 20여년의 유배생활과 19년의 은거생활을
하는 등 파란만장한 삶을 살았다.

[새충청일보 2006. 11. 10 "박화배시인의 문학칼럼"]

보길도 가는 길(Ⅵ)

[고산의 문학과 미학적 삶의 터전 보길도 소묘]

세연정의 넓이는 5천 평방미터에 달하며 원래 본집은 사슴을 키우는 미산의 낙서재에 있었다. 그는 귀빈이 오거나 마음이 울적할 때면 이 세연정에 내려와 마음을 달래기도 하고 또 그가 어부사시사漁父四時詞 중 가을노래에서

"기러기 떳는 밧긔 못 보던 뫼 뵈는고야.
이어라 이어라
낙시질도 하려니와 취한 것이 흥이어라.
至匊悤 至匊悤 於思臥
석양에 비취니 천산에 금수로다."
…… 중략 ……

라고 읊었던 대로 바다로 나가 떨어지는 해를 바라보며 낚시질을 하기도 했다고 한다.

세연정은 고산 윤선도가 시심을 가다듬고 풍류를 즐겼던 곳이기도 하지만 본래의 목적은 사교를 위한 연회장이었다고 한

다. 당시 변방의 작은 섬에 은거하여 유유자적하는 생활을 하고
는 있지만 윤선도가 언제 임금의 부름을 받아 영전되어 한양으
로 가게 될지 몰랐기 때문에 해남을 비롯한 남도지역의 지방수
령들과 유지, 문사들이 이 위대한 은자의 눈에 띄기 위하여 잦은
방문을 했던 것은 불 보듯 뻔한 일이었다. 이렇게 찾아온 방문객
은 세연정에서 접대되었을 것이고, 특히 한양의 조정에서 관리
들이 내려오면 의례히 세연정에서 기녀를 불러놓고 호화스런 접
대를 하였다. 그러나 당시 서인이 집권하고 있는 정치상황에서
소외세력이었던 남인에 속해 있던 윤선도는 그의 야심과는 달리
정치적 이상을 실현하기가 불가능하였으리라 생각된다.

날은 저물어 이제는 더 이상 유적지를 돌아다닐 수가 없어서
숙소를 정했지만 왼 종일 윤 고산을 만나본 것이 흥분이 되었는
지 잠은 오지 않아서 강종철씨와 같이 어릴 때부터 윤 고산의
유적을 조사도 해보고 전라남도 지방문화재로 지정되도록 애를
썼다는 주인집 어른과 보길도에 관해서 이 얘기 저 얘기를 나누
는 사이에 은자의 섬 보길도의 밤은 깊어만 갔다.

얘기를 하다보니 과연 보길도는 아름답고 좋은 섬이었다. 산
이 높은 보길도는 바다 가운데에 있지만, 지기志氣와 청숙淸叔
하여 한번 부용동에 들면 이 산 밖에 바다가 있는 줄을 모른다
고 한다. 그런가 하면 비구름이 한 달 내내 덮고 있는 장마 때에
도 주초柱礎사이에는 습한 기운이 없고, 산속에는 사슴, 산돼지,
노루, 토끼 등 순한 짐승이 살며, 그 섬을 대표할 수 있는 식물로
생달나무와 동백나무, 풍란 외에도 다수의 난蘭등 632종의 식
물이 자라고 있다. 그리고 죽순, 고사리, 버섯 등 산과 들에서 나

는 진미와 태화, 전복, 조개, 각종 어류 등 맛은 철따라 다르지만 이른바 산해진수를 모두 갖추고 있다고 한다. 보길도는 이처럼 빼어난 경관과 품고 있는 물산이 풍부하여, 거기에 사는 사람들은 산새와 들짐승의 우는 소리와 멀리서 아득히 들리는 파도소리를 벗 삼아 나무그늘이나 수풀 밑에서 여유로운 오수를 즐기며 아름다운 산과 바다를 삶의 터전으로 삼고 평화롭게 사는 그러한 곳이었다.

잠자리에 들어서도 나는 주위의 풍치와 윤고산의 유적과 그의 문학과 미학적 삶의 조화로운 정신세계에 홀린 듯 몽환적 꿈의 터널을 통과해서 깊은 잠 속으로 빠져 들어갔다.

[새충청일보 2006. 11. 24 "박화배시인의 문학칼럼"]

보길도 가는 길(Ⅶ)

[석실과 곡수당 소묘]

다음날은 아침 일찍 서둘러 미산 쪽으로 발걸음을 재촉했다. 석실石室을 보기 위해서였다. 해는 아직 바다 아래에서 잠을 자고 있고 발목을 적시는 이슬이 선뜩하여 기분은 상쾌했다. 멀리 바다에는 밤새 고기를 잡던 배들이 점점이 흩어져 가고 풀잎 스치는 내 발걸음 소리에 설잠 깬 산새가 포로롱 날아갔다. 군데군데 낮은 구름이 엷은 안개와 어우러져 가까운 바다는 안개 같기도 하고 바다 같기도 하고 ……

먼 바다는 붉은 기운이 돌며 여전히 자고 있는 해를 깨우고 있었다.

숲풀 사이로 언뜻 보이는 석실石室.

이미 석실은 깊은 가을 속에 있었고 그 모습은 마치 외로운 은자와도 같았다.

석실은 낙서제의 정북正北에 위치해 있는데 바위 위에다 축대를 쌓아서 '승용대'라 이름하고, 암석과 암석문에 정각을 짓고 정각 밑에 석간수石間水를 이용한 2개의 지당池塘을 만들고 수련睡蓮을 심었으며 그 지당에서 정각을 오르내리는 층계를 만들어 그 조형의 묘가 엿보였다. 이 높은 산위에 바위를 깎아서 작은 연못을 만들고 수련을 심은 고산의 미적 감각과, 그 감각을 마음속에 가둬 두지 않고 가시적인 미로 형상화 시킨 고산의 예술 혼은 실로 놀랄 만한 것이었다.

석실은 동천석실洞天石室이라고도 하는데 동천이라는 뜻은 산천이 두루 경치가 좋은 곳이라는 의미도 있고, 신선이 사는 곳이라고도 하며, 하늘로 통한다는 뜻도 된다. 그래서 고산 윤선도는 이곳을 부용동 제일의 절승이라고 했다 한다.

산 중턱에 있는 이 석실은 맞은 편 적자봉에서 달이 떠오를 때 적자봉의 산그늘이 점점 달의 상승과 함께 밀려 몰아내지고, 그 산그늘이 다 몰아내어졌을 땐 이미 동산에 달이 떠올라 있는데, 그 달 떠오름을 기다리는 시간에 행하여지는 주위의 이런 풍경들이 너무나 아름다워서 감정의 격해짐도 극에 달한다고 한다. 고산은 해 질녘 이 석실에 앉아서 달맞이를 하며 사색을 즐기고 바위 위에 모닥불을 피우고시 다도를 즐겼는데 치를 끓이는 연기가 선경처럼 보였다하여 석실모연石室暮烟이라하고, 부용동 8경이라 이름 지었다.

한없이 앉아 있고 싶은 마음을 접고 석실을 떠나 곡수당曲水堂으로 향했다. 인적이 끊긴 곳이라 가을의 호젓함이 고요한 숲속의 풀내음 속으로 스며들고, 들꽃 속에는 간밤에 머물다간 어둠의 침묵이 아직 남아있는 듯했다. 아마도 짙은 안개 때문에 더욱 그러했으리라.

곡수당 이라는 안내판이 안개 속에서 희미하게 보였다. 이 곡수당은 이제 터만 남아 있을 뿐인데, 그 옆 산 개울의 물소리가 옥구슬소리같이 들려서 고산은 정자를 지어 놓고 물소리를 들으며 마음을 닦아내는 사색을 하였다고 한다. 곡수당은 세연정보다는 규모가 작은 정자였는데 곡수谷水를 중심으로 초당草堂, 석정石井, 석가산石伽山, 평대坪臺, 연지蓮池, 다리, 화계花階등이 조성되어 있었다. 그러나 실제로는 고산의 아들이 이곳에 기거를 하며 책을 읽었다고 전해지며, 고산은 세상의 소란스런 소리에 머리가 어지럽혀지면 가끔 이곳을 찾아 곡수당의 맑은 물소리에 귀를 씻으며 마음을 정화하기도 했다고 한다.

안개 속에서 보이는 곡수당 터는 논으로 변해 있어서 옛 모습은 짐작도 할 수 없었으나 옆에 흐르는 개울의 물소리와 주변의 경관은 과연 고산의 마음이 사로잡힐 수밖에 없었으리란 생각이 들었다. 아마 고산도 가끔은 안개에 젖어 아침을 산책하며 이 숲을 거닐었을지도 모르겠다.

월출산이 높더니만은 미운 것이 안개로다
천왕 제일봉을 일시에 가리워 버렸다
두어라 햇살이 퍼진 다음 안개 아니 걷히랴.

-조무요[朝霧謠: 아침 안개를 노래함] 고산 윤선도 시조 -

[새충청일보 2006. 12. 08 "박화배시인의 문학칼럼"]

보길도 가는 길(Ⅷ)

[고산을 생각하는 예송리 마지막 밤]

산을 내려오면서 이곳을 찾기 이전까지는 고산이 초막이나 짓고 맑은 이슬처럼 청렴한 은둔생활을 하였으리라는 생각을 했던 것이 참으로 어부사시사의 세계만을 알고 있었던 듯 하여, 내가 지금까지 가지고 있었던 윤 고산의 이미지는 그의 유적지를 놀아볼 때마다 여지없이 깨어져 내동댕이쳐지고, 세연정洗然亭 정원에서는 행동적行動的으로 즐기고, 석실石室에서는 시각적視覺的으로 즐기고, 곡수당曲水堂에서는 청각적聽覺的으로 즐겼을 그 분을 생각하니 공연히 내 마음속에서 시샘이 솟아오르는 듯 하였다.

그러면 이렇게 호화로운 보길도 왕국을 고산은 어떻게 건설하고 유지할 수 있었을까?

그는 원래 부자이기도 하였지만 그 당시 당파싸움으로 인하여 나라가 어지러웠고 관리들은 백성을 대상으로 재산을 모으기에 여념이 없었기 때문에 백성들은 가난에 시달리며 근근이 살아갔다고 한다. 이에 윤 고산은 진도의 굴포리와 노화도(옛날에는 노아奴兒라고 불렀는데 이는 노예들이 사는 섬이라는 뜻이

라 하여 지금의 갈대꽃이 피는 섬이라는 노화盧花로 바꿈)에 간
척사업을 해서 거기에서 생산되는 쌀을 고산 유적지에서 일을
하는 사람들에게 주어 춘궁기에 정부에서 행하는 환곡의 피해
를 입지 않게 함으로써 부용동의 왕국(?)을 건설할 수가 있었다
고 하며, 또한 효종의 사부였기 때문에 다른 일파들로부터 역적
모의를 하고 있다는 따위의 누명을 받지 않았다고 한다.

아쉬운 발걸음을 옮기며 몇 번이고 되돌아 봤던 부용동芙蓉洞.

굽어진 길을 걸어서 물 좋고 돌 좋다는 예송리禮松里로 향했
다. 석실石室과 곡수당曲水堂을 가느라고 아침식사를 제대로 못
한 탓인지 뱃속에서는 연방 쪼로로, 꼬로록 소리가 야단이었다.
걷기는 걷되 이 보채는 소리가 끝날 것 같지 않아서 길옆 바위
위에 앉아 버너를 지피고 라면을 끓였다. 바닷바람은 이제 막
피어나는 갈대를 너울 피며 지나가고 가파른 벼랑아래의 바다
에는 작은 고깃배가 그물질에 여념이 없었다. 다시 취사도구를
챙겨 넣고 벼랑길을 따라 걸었다.

예송리禮松里.

바닷가에 늘어선 팽나무, 생달나무, 동백나무 등 90여종의 나
무들로 이루어진 숲 아래에 묵석墨石의 둥글둥글한 돌들이 마치
백사장처럼 펼쳐져 있어 탄성소리가 절로 나오고 건너편 작은
예작도禮作島에는 후박나무가 가득 들어차 말로써는 형용할 수
없는 풍경인지라 멍청하게 바닷가에 앉아 있었을 뿐이었다.

밤이 되니 금방이라도 와르르 무너져 내릴 것 같은 무수한 별
들이 너무나 선명해 가슴이 멍해지도록 하게하고 바라다볼수록
가슴이 벅차 옴을 어쩌랴.

살며시 왔다가 흘러내리는 파도는 작은 아가들의 속삭이는 소리 같이 사르르르……

나같이 무딘 이의 마음도 이처럼 벅차오는데 고산孤山과 같은 분이야 오죽했으랴. 어쩌면 그도 이곳에 앉아 오우가五友歌를 읊었을지도 모르지.

내 벗이 몇이나 하니 수석水石과 송죽松竹이라.
동산에 달 오르니 그 더욱 반갑고야
두어라 이 다섯 밖에 또 더하여 무엇하리.

구름 빛이 좋다하나 검기를 자주 한다.
바람소리 맑다하나 그칠 때가 하도 많다.
좋고도 그칠 때 없기는 물뿐인가 하노라

꽃은 무슨 일로 피면서 쉬이 지고
풀은 어찌하여 푸르는 듯 누르나니
아마도 변치않는 것은 바위뿐인가 하노라.
…… 중략 ……

내일 아침이면
이 편안의 세계를 떠나야 되겠지.

[새충청일보 2006. 12. 22 "박화배시인의 문학칼럼"]

제4부

이 시대에 문학은 살아있는가

이 시대에 문학은 살아 있는가

문학잡지가 팔리지 않는 시대, 장편소설이 읽히지 않는 시대, 순수문학작품이 대접을 못 받는 시대, 일기인지 꽁트인지 아니면 짧은 잡글인지 알 수 없는 것을 시詩라고 써 내놓고 시인이라고 자족하며 자기도취에 빠져있는 수많은 문인같은 사람들의 행진들……

문학을 사랑하고 문학 속에서 생활하려는 사람들이 많다는 것은 분명 좋은 일임에 틀림없다. 그러나 요즈음 어쩐지 우리 문학인들이 지향해야하는 시대적 상황을 잘못 인식하고 있는 것은 아닌가 하는 생각을 지울 수가 없다.

문학은 시대의 흐름을 반영하는 것이지 시대의 흐름을 역행하면서 존재할 수는 없는 것이라 생각된다. 문학은 진실을 통하여 표현되고 그 진실로 인하여 사람의 마음을 움직일 수 있는 힘을 가지고 있다.

요즈음은 TV, 컴퓨터와 같은 너무나 시각적인 영상문화가 만연되어있어 책으로 된 문학작품들이 다소 외면당하는 처지에 놓여 있다.

어쩌면 영상매체를 접하며 생활해온 젊은 세대들에게는 이것이 당연한 일인지도 모른다. 인쇄술이 발달하기 전에는 사람들이 이야기를 통해서 또는 노래를 통해서 문학적 요소가 가미된 설화나 신화와 같은 것들을 서로가 공유했고, 이것이 입에서 입으로 전해지면서 마치 살아있는 생물이 진화되는 것처럼 원래의 모습보다 과장되고 흥미롭게 진화되어져 문학적 생명력이 꿈틀대는 살아있는 생명체와 같은 형태로 존재하기도 했었다.

그러나 활자화 되어진 문학은 왕성하게 키워가던 문학적 생명력을 일정한 활자의 울타리 안에서 상상력의 한계를 지어놓게 했고, 이제 가시적인 영상매체는 그나마 남아있던 문학의 유연한 생명력조차도 옴싹 못하도록 완벽하게 우리의 머리 속에 각인시키고 더 이상 상상할 수 없도록 박제화 시켜가고 있다. 다시 말해서 문학의 본질인 울타리 없는 상상의 생명력을 무참하게 살해하고 있다고 생각이 될 정도이다.

활자화 된 문학작품은 작가와 독자가 각기 상상의 작품세계를 나름대로 가지고 있다고 본다. 그래서 활자화된 문학작품은 작가와 독자가 함께 창작하는 것이라 해도 과언이 아니라고 생각한다.

그러나 영상화된 작품은 영상의 잘 짜여진 일방적인 가시적 연출로 인해 독자 아니 시청자들의 상상이나 생각이 끼어들 틈이 전혀 없이 무조건 받아들이도록 되어있다고 본다. 그 옛날 입에서 입으로 전해 내려오던 설화나 신화의 시대와 영상매체가 판을 치고 있는 지금을 비교해 보면 태초에 꿈틀대던 문학의 유연한 생명력은 완전히 죽어버린 시대가 되었고, 사체가 되어버린 문학을 끌어안고 마치 살아있는 것으로 착각하며 죽은 엄마의 시체에 매달려 젖을 빠는 아무 것도 모르는 불쌍한 어린 아기 같은 존재가 오늘을 사는 우리 문학인들이 아닐까하는 생각이 드는 것은 필자만의 착각일까?

촘촘하게 박힌 활자를 골치 아프게 보지 않아도 컴퓨터를 클릭하면, 또 TV를 켜면 심각하게 생각하지 않아도 눈을 즐겁게 하고 귀를 즐겁게 하고 우리의 오감을 만족시켜주는데 누가 눈 아프게 소설이나 시를 읽겠는가.

과거 꼭 읽어야 되는 명작이라는 문학작품들을 읽고 그것이 그 시대를 사는 사람들의 교양의 척도로 인식하며 살았던 사람들, 그리고 적어도 친구나 사랑하는 사람의 생일날에 시집 한 권쯤을 선물하며 살았던 나이든 세대의 사람들조차도 이제 더 이상 문학작품에 애정을 보내지 않는 듯하다.

시간이 흐름에 따라 시간을 먹고 사는 우리주변의 모든 것들은 변하기 마련이다. 문학도 어쩔 수 없이 시간을 먹고 사는가 보다. 설화나 전설의 구전시대를 거쳐, 활자화된 문학의 시대는 이제 영상의 시대에 자리를 내주어야만 하는 상황에 와 있는 것이다. 그 상황에 걸맞게 이 시대를 사는 우리 문학인들도 의식의 전환이 필요할 때가 된 것을 인식해야만 한다.

마치 가야금 열두 줄을 고수해 오던 전통악기의 연주자들이 끝내는 스물네 줄의 가야금을 만들어 퓨전음악을 연주하며 뉴에이지 뮤지션들이 판을 치고 있는 지금의 어려운 상황 속에서도 우리 전통음악의 명맥을 유지하려고 노력을 하는 것처럼, 우리 문학인들도 어떠한 형태로든지 영상문학과 활자문학이 교차되는 이 전환기를 새로운 문학창조의 기회로 삼아 문학의 생명

력이 꿈틀대던 태초의 유연한 창조의 힘이 다시 이 시대를 정확
하게 진단하고 바로 세울 수 있는 시대의 선구자가 되도록 노력
해야 할 것이다.

[새충청일보 2007. 01. 19 "박화배 시인의 문학칼럼"]

시에 있어서 진실

밤새 가을비가 내리고 울안 감나무 잎은 다 떨어져 비에 젖어 있다. 내일은 입동. 그래서인지 겨울의 향기가 내 주변을 서성이고 바람은 가랑잎을 몰고 와 내 창문을 두드리고 지나간다.

이런 날은 낙엽의 향내 같은 커피 한잔을 마시며 시 한 편이라도 쓰고 싶어 책상에 앉아 보지만 시선은 창으로 보이는 가을 젖은 풍경에 빠져든다.

시詩에 있어서의 진실은 무엇일까?

시를 쓰면서도 언제나 시의 진실眞實에 대한 깊이를 가늠해 보려 애써왔다. 어쩌면 시는 우리의 구체적인 생활 속에서의 진실과 그리 동 떨어져 있는 것은 아닐 듯싶다. 시는 우리가 겪고 느끼고 있는 실감들 속에 그 뿌리를 내리고 있고 또 그래야 한다는 생각을 해 본다. 즉, 체험에 뿌리를 두고 피어나야 한다는 것이다. 당연한 얘기이겠지만 그래야 읽는 사람도 실감과 감동을 얻게 될 것이기 때문이다. 그래서 괴테는 '자기가 체험하지 않는 것을 시로 쓰지 않는다.'라고 했다.

요즘 대중문학은 흥미위주와 상업성으로 문학의 본질인 진실과 체험적인 작품이 소외를 당하고 있고 허깨비 같은 말장난과

말초신경을 자극하는 글들만이 판을 치고 그로 인하여 사람들은 자꾸 삶의 진실성보다는 얼마나 재미있느냐, 재미있게 지내느냐에 관심을 가지고 진실 되고 성실된 삶은 고루하고 답답한 느낌을 가지게 되는 것 같다.

문학이란 생활이고 생활의 반영이기도 하고 삶의 태도, 생활의 태도를 이끌어가는 힘이 있기 때문에 어느 쟝르의 예술보다도 중요하다고 볼 수 있다.

지금 경제시대에 있어서 돈이 곧 자유를 상징하는 가치를 지니고 있기 때문에 그로 말미암아 돈을 벌려고 진실이고 정의고 다 팽개쳐버리고, 그 결과 진실과 정의를 추구하는 문학에 있어서도 본질은 상실되고 저급하고 퇴폐적이며 흥미로운 대중문화로 점차 전락되어져 가는 것은 아닌가 생각된다.

프랑스나 독일, 영국과 같은 나라에서는 돈 많은 사람보다는 한권의 책을 쓴 사람을 더 존경스럽게 생각하고 부러워하는 풍토이어서 글을 쓰는 사람들은 대단한 자부심을 갖는다고도 한다. 또한 러시아에서도 생활은 비록 어려우나 정통 예술인이나 문학인이 존경되어지고 자부심을 가질 수 있기 때문에 예술분야, 즉 음악, 발레, 문학 등이 세계 최고의 기량을 갖추고 있다한다.

체험과 진실을 말하지 않는 작품은 명작이 될 수 없다. 그렇다고 생활의 체험적 사실들이 그 자체 그대로 시詩가 될 수 있는 것은 아니다. 그 사실들이 어떻게 시라는 독특한 형식으로 쓰여졌느냐에 따라 시의 값이 달라진다.

그리고 무엇보다도 요즘같이 정신없이 날뛰고 쑤셔놓은 벌집 같은 분위기에서 우리 삶의 전체적인 실상을 볼 수 있는 마음의 고요가 시인詩人이나 작품을 읽는 독자 모두에게 절실하다는 것이다. 마음의 고요라는 내적 상태는 우리로 하여금 조급하거나 서두르지 않게 하고 삶의 여러 측면을 바르게 바라보게 하기 때문에 시를 쓰거나 읽는데 있어서 매우 중요한 조건이라 할 수 있겠다.

아무튼 어느 시대에 살든지 시詩는 그 시대의 등대燈臺같은 역할을 해왔고 시대 시대마다 자리 잡고 있는 삶의 암초를 헤쳐 나가게 하여 우리 인간이 험난한 삶의 바다에서 어느 위치에 존재해 있는지 알려주는 신호 역할을 해 왔다고 할 수 있겠다.

그래서 시는 개인적, 사회적 체험, 운명적이고 불가사이한 체험의 중압을 뚫고 솟아나는 인간의 초상肖像을 그 속에 지니고 있다고 볼 수 있겠다.

이제 이 눈이 녹고 겨울이 지나면 약속처럼 봄이 올 것이다.

이 겨울이 다 가기 전에 우리 가슴 속에 품을 수 있는 시 한편이라도 읽어보는 마음의 고요를 가져보는 것은 어떨까.

이제 부족한 졸필을 거둘 때가 된 것 같다. 지금까지 일년 동안 "박화배 시인의 문학 칼럼"이라는 이름으로 부족한 필자의 글을 실어 준 새충청일보에 감사드린다.

[새충청일보 2007. 02. 02 "박화배시인의 문학칼럼"]

문학으로 잃어버린 삶의 본질을 찾는 한해가 되길

신 새벽을 여는 개 짖는 소리와 함께 온 2006년.

올해는 더 많은 시인과 소설가가 나왔으면 좋겠다. 적어도 문학인들은 현실을 직시하는 이성과 진실과 정의에 불타는 뜨거운 가슴을 가지고 있기 때문이다.

예전에 우리는 우리들의 가슴에 세상을 내다볼 수 있는 창문을 하나씩은 가지고 있었다. 그리고 그 창문을 통해서 우리는 흐르는 시내와 가슴이 시리도록 아릿한 검푸른 밤하늘의 별들과, 어슴푸레한 봄날 저녁 겨울잠에서 막 깨어난 나목의 기지개 켜는 모습을 바라볼 수 있었고, 열어 놓으면 불어오는 산과 바다의 내음을 싣고 먼 여행을 다녀온 부드러운 바람이 우리들 가슴의 창가를 서성이다가 잠들곤 했었다. 그리고 그것들은 우리들의 마음으로 들어와 진실을 한 웅큼 내 놓기도 하고 가슴을 풍요롭게 하기도 했었다.

그러나 언제부터인가 우리들 가슴에서 서정적인 그 창문은 닫아 봉쇄되어져 버리고, 그 자리를 대신해서 TV와 컴퓨터의 창문이 자리를 잡게 되어 그 창으로 세상을바라보게 되었고, 그 것들은 우리들의 두뇌와 가슴에 진한 마약 같은 주사를 놓아왔다. 더욱이 컴퓨터의 사이버 공간은 아주 작은 모습으로나마 남아있던 우리들의 서정성마저도 산산조각 내버린 듯하다. 이러한 우리는 이제 더듬이 잘린 달팽이처럼 스스로 생각하는 힘도, 주관적인 촉각마저도 상실해 버린 채 서 있는 시대의 복제품들.

문학마저도 본질을 상실해 버린 오늘.

여전히 시인은 제 흥에 겨워 혼자 어깨를 들썩이다가 관객도 없는 객석을 바라보곤 또 다시 춤을 춘다.

시를 써야 하나?

정말 나는 시를 써야 하는가?

끊임없이 밀려오는 문학에 대한 회의가 내 전신을 휩싸버리던 수많은 고뇌의 날들.

……

그래서 올해는 문학의 힘으로 상실해버린 우리들의 삶의 본질을 찾을 수 있는 한해가 되었으면 하는 바램이다. 문학은 우리들의 생활이고 생활의 반영이기도 하며, 삶의 태도와 생활의 태도를 이끌어 가는 힘이 있기 때문에 그것이 가능하리라 생각한다.

[새충청일보 신년 2006칼럼 2006년 1월 18일]

시詩의 역할

　　문학에 있어서 소설이나 수필 그리고 시가 각기 다른 시각으로 세상의 풍경을 이해하며 한 울타리에 문학이라는 같은 이름으로 존재해왔다. 우리가 살면서 무엇인가 글로서 자기를, 또는 주변을, 어떤 사물을, 어떤 감정과 사상을 표현한다는 것은 어떤 형태의 표현이던 간에 매우 중요한 문학적 행위라 볼 수 있다.

　　그 문학적 행위 중에서도 시의 세계는 매우 다양하며 언어예술의 결정체라 말 할 수 있다. 시詩라는 창문을 통해 세상을 보는 것은 가네트[석류석]를 통해 세상을 보는 것처럼 매혹적이고 정열적인 풍경으로 다가오지는 않는다. 시는 진실을 통하여 표현되고 그 진실로 인하여 사람의 마음을 움직일 수 있는 힘을 가지고 있다. 요즈음은 TV, 컴퓨터 등으로 너무나 시각적인 문화가 기승을 부리고 있어 문학적 장치로 잘 다듬어진 문학작품들이 다소 외면당하는 처지에 놓여 있다.

　　몇 해 전인가 프랑스에서는 정부 주도로 한 해 동안 시낭송회를 갖도록 유도하여 보들레르의 무덤 앞에서, 교도소에서, 카페에서, 학교에서 등 사람들이 모일 수 있는 장소에서는 시낭송회가 끊임없이 열렸었다고 한다. 아마도 그것은 현대의 디지털문화와 시각적 문화로 인하여 황폐해져 가는 사람들의 정서를 시詩의 진실된 언어를 통하여 복원하려는 시도가 아니었나 생각된다.

언제나 시대의 진실을 말해왔던 사람들은 시인詩人들이었다. 불의와 독재에 항거하며 앞장섰던 사람들도 역시 시인들이었다. 일본의 지배 하에서 독립을 외쳤던사람들 역시 우리가 쉽게 떠올릴 수 있는 이육사, 한용운, 윤동주 등과 같은 수많은 시인들이 시대적 진실을 시를 통하여 일본에 항거한 것은 웬만한 사람이면 다 아는 그러한 이야기이다.

라이너 마리아 릴케는

'시는 존재하는 것이다.'

라고 얘기하여 인간의 존재, 즉 진실이 시라는 명언을 남겼다.

시와 시인은 시대의 불의에 항거하는 진실을 표현하기도 하지만 거칠고 힘든 삶을 사는 대부분의 사람들에게 메말라가는 정서를 복원시켜 따뜻하고 아름다운 마음으로 밝은 삶을 살아가게 하는 역할을 하기도 한다.

그래서 보들레르는

'시는 하나의 숭고한 미에 대한 열망이다.'

라는 말을 남겼다. 이는 지치고 메말라가는 사람들, 가시적이고 시각적인 문화에 중독된 사람들에게 해독제 같은 역할을 하는 것이 시라는 말일 것이다.

시는 가상과 허구의 세계를 그려내는 소설의 문학형식과는

달리 진실을 말한다. 시의 세계는 개인의 진실을 담은 일반적인
진실을 말하며 진실한 사람만이 시를 쓸 수 있다고 감히 말해
본다.

[2004년 12월 영동예술 칼럼]

영동문화와 난계예술제

내가 대학을 졸업하던 해에 대학 학과장님으로부터 몇 곳의 중. 고등학교를 추천 받았다.

그러나 추천받은 고장의 분위기랄까 아니면 그 고장의 서먹함과 삭막함이 내 마음을 붙잡지 못하였다.

결국 취업을 그만 두고 학교 도서관에서 공부를 더 해볼 양으로 책을 보던 그 해 오월 다시 학과장님으로부터 영동에 있는 추풍령 중학교에 추천을 받아 시외버스를 타고 추풍령을 향했다.

고속도로로 가는 버스를 탔으면 빨랐을 것을 그것을 몰라 국도로 가는 버스를 탔다. 어쩌면 국도로 가는 버스를 탄 것이 나를 영동 지역에 머물게 한 것일지도 모른다.

버스를 타고 가면서 본 영동, 심천강을 따라 달리는 국도변의 아름다움. 고당리 난계 사당 주변의 산들과 그 산그늘을 따라 흐르는 강. 그리고 누각의 어우러진 아름다움. 거스르지 않는 적당한 높이의 산들로 둘러싸여져 조화롭게 자리 잡은 아늑한 읍내를 가로질러 흐르는 영동천.

영동 읍내를 지나면서 본 감나무 가로수의 젊은 냄새. 어쩌면 영동의 감나무 가로수의 역할은 폐허처럼 자리 잡은 고대 유적이 가득한 늙은 로마를 생기 있고 조화로운 아름다움으로 느끼게 하는 로마의 우산 잣나무와 같다는 생각을 했었다.

(레스피기는 "아피안 가도의 소나무" 라는 곡을 작곡하여 로마의 우산 잣나무의 아름다움과 기개를 표현.)

실제로 여름 감나무 그늘의 청량감. 한 때 유럽의 미술계를 풍미했던 야수파의 원색적인 느낌을 영동 읍내가 가지게 하는 감나무 잎의 짙은 녹색, 그래서 청년 같은 젊음의 생동감을 느끼게 하는 것은 아닌지…… 푸른 가을 하늘에 대비되어 노을빛처럼 가지 끝에 달린 감들의 아름다운 정경들. 나는 언제나 감탄하고 만다.

읍내를 벗어나면 짧은 지면으론 다 얘기하기 어려울 만큼 산과 물이 어우러진 아름다운 명소들이 곳곳에 자리한 영동.

이러한 외적인 조화로움과 아름다움이 가득한 영동은 내적인 면에서도 어느 곳과 비교할 수 없을 만큼 훌륭한 문화 예술의 유산을 가지고 있다. 그것은 다름 아닌 우리나라 3대 악성 중의 한 분이신 난계 박연 선생이 이 고장에서 태어나서서 영동의 외적인 영향을 받으며 성장하여 한국 고전음악의 성인으로 자리 잡고 있다는 것이다. 우륵이나 왕산악처럼 전설적인 인물과는 달리 난계 선생은 조선조 세종 시대의 사람으로 고려 예종 때 중국 송나라에서 들어 왔으나 음률이 맞지 않아 거의 없어지게 된 아악을 새로 완성하고 또한 대금의 명인이었으니 이런 사실은 영동사람들이 자부심을 가지고 예술 문화적 긍지의 발판으로 삼기에 조금도 부족함이 없는 유산인 것이다. 어쩌면 우리가 영동에 살기에 이러한 사실을 잠시 잊고 있는지도 모른다.

그럴 수도 있다. 그것은 마치 우리가 숨을 쉬지 않으면 생명을 연속시킬 수 없는 사실에도 불구하고 우리가 들어 마시고 있는 공기의 존재를 망각하고 살아가는 것과 같을지도 모른다. 즉 공기 속에서 있기에 그 존재와 중요성을 망각할 수도 있다. 공기의 중요성은 공기를 벗어났을 때 아는 것처럼…… 다시 말하면 우리가 공유하고 있는 영동의 자연조건과 예술 문화의 중요성과 가치를 객관적으로 느낄 수 없다는 것이다. 해서 우리도 영동 속에 존재하며 영동의 아름다운 자연조건과 누구도 가질 수 없는 영동만의 예술 문화유산을 잊은 채 지내는 것은 아닌지 모르겠다.

우리의 이웃인 무주는 한낱 작은 벌레에 지나지 않는 반딧불이를 가지고 전국 각지 사람들의 발길을 무주로 향하게 하고 못 가본 사람들은 무주로의 여행을 꿈꾸게 하고 어린 동심이 되어 무주를 그리워하게 한다.

또한 강원도 봉평의 메밀꽃은 어떠한가.

정말 보잘것없는 그저 그런 식물의 군락을 인위적으로 조성하여 이효석의 메밀꽃으로 홍보를 한다. 그리하여 전국 각지 사람들의 발길은 그 곳을 향하고 사람들의 마음도 그 곳에서 바쁜 일상을 깨어버리는 여유를 찾아보려고 그리움과 달빛 속의 메밀꽃을 생각하며 봉평을 향한다.

그러면 우리 영동은 어떠한가?

가시적인 자연 조건과 정신적인 예술 문화유산으로 볼 때 우리 영동은 어느 곳과도 비교할 수 없을 정도로 훌륭한 고장이라는 것은 누구나 공감할 것이다. 그러나 이러한 조건도 우리의 인식 전환이 없는 한 여전히 영동은 반딧불이 축제를 기억하고 메밀꽃 축제를 기억하는 타지 사람들의 기억 속에 남아 있을 수 없다.

먼저 전국에서 몇 곳 안 되는 한국 고전 음악제로서의 면모를 새롭게 인식하여 한국 유일의 정통 한국 고전음악인 정악의 메카로 자리 메김을 하여 전국 어디서나 영동을 기억하게 하여야 한다.

그러기 위해서는 성악의 본 고장인 이태리에 가면 택시 운전사도 훌륭하게 성악 한 곡조는 한다는 것처럼 우리 영동인 누구라도 간단한 전통 악기 한 가지 정도는 멋드러지게 연주할 수 있도록 국악을 활성화하여야 한다. 우리 영동인들도 전통악기를 모르면서 어떻게 타지의 사람들을 오도록 할 수 있단 말인가. 그러기 위해서 군내의 초. 중.고등 학교 음악교육 시간을 최대한 활용하는 계획과 실천이 선행되어야 하고 누구라도 가벼운 마음으로 참가할 수 있는 성인들의 아마추어 국악경연대회를 수시로 개최하여 관심과 흥미를 유도하고 아마추어 국악 학교를 여러 곳 개설하고 지원하여 전통 한국 고전 음악의 고장으로 전국에, 아니 세계적으로 인식을 시켜야 한다.

그리하여 팔도 음식 경연대회로, 전국 '난장'이 벌어지는 동네로 인식되어지는 작금의 상황을 과감하게 개선하고 지자제별로 벌어지고 있는 기성 놀자판 먹자판 축제와는 구별되어지는 아름다움과 기품이 있는 난계 예술제로 거듭나야 할 것이다.

사실 우리는 기품이 있고 아름다움을 갖춘 영동에 살고 있다.

이것을 체질화하고 극대화하여 영동만이 갖는 아름다운 예술 문화의 꽃을 피우자는 얘기이다.

그래서 영동의 푸른 바람길 따라 와서 영동의 향기에 젖어 보도록 해보자는 얘기이다.

영동에 가면
영동에 가서 귀 기울이면
어디서나 들리는 듯한 대춤소리
위월 푸른 바람처럼
녹음 짙게 들리는
시원(始原)알 수 없는 대춤소리

그 시원을 찾아
영동 감나무 길 따라 귀 기울이면
영동사람들이 사는 얘기가
감나무 가지 끝에서
푸르게 익어가는 장단소리 되어
거기에 흘어지고

한낮의 흔적이
따치다리를 건너

영동천변에 머무는 밤이면
감나무 잔가지 휘어잡고
어둠 넘어
은실 달빛외로 걸어오는
몇 백년 족히 흘렀을
늙은 대춤소리의 청이 함

푹으게 부는 바람길 따라
영동에 가서 귀 기울이면
위월 푹는 바람처럼
녹음 짙게 들리는 대춤소리
그 시원의 끝 찾아가면
영동천변 언덕빼기
넌게 국악당.

(박화배 시 "영동에 가면" 전문)

[2001년 제7호 영동예술지 특별기고]

秋風嶺 이야기(갈바람재)

위행기 가사 때라
추풍령에 놀러온 사람들은
추풍령이 어디 있냐고 묻는다

구름이 지고 간만한 곳도 없는
이 곳이
어찌 추풍령이냐고 —

그래도
바람은 쉬었다 가지요
그냥
지나치지 못해서
여기에
놀러 사는 바람도 있지요.

박화배 「추풍령」 전문

그렇다. 추풍령에는 이름처럼 바람이 많은 고개이다.
봄, 여름내 고개 너머에서 놀던 바람이 가을로 접어들면 어슬

렁어슬렁 넘어오기 시작해서 가을이 깊어질수록 바람은 무리를
지어 산비탈 포도밭 언저리를 돌아다니고 길가는 아낙의 치맛
자락을 잡고서 희롱하기도 한다. 초겨울로 접어들면 추풍(갈바
람)은 가을의 향기와 낙엽의 군무를 먹고 자라 커다란 거인의
면모를 갖추게 되고 기세는 하늘을 찌를 듯 당당하여 추풍령의
구석구석을 돌아다니며 가랑잎을 모아 거느리고 천만대군처럼
대단한 위용을 과시하게 된다. 겨울로 접어들면 입은 옷은 추풍
이로되 그 위세는 가히 시베리아에 몰아치는 바람처럼 거대하
면서도 날카로운 칼을 가진 무사처럼 그런 모습으로 추풍령을
배회한다.

　내가 이곳 추풍령중학교에 와서 처음 가을을 맞이할 때였다.
어느 날 날씨가 좀 쌀쌀해지자 동료 여선생님 한분이 혼자 중얼
거리듯 "점점 바람이 세어질텐데…"라며 근심어린 얼굴을 하고
있었다. 나는 그 말이 무엇을 의미하는지 몰라서 "선생님,바람
이 세면 얼마나 세다고 그러세요?"라고 말하니 그 여선생님은
"선생님도 당해 보시면 알거예요. 지난겨울에 바람이 하도 세게
불어서 길옆 도랑으로 쑤셔 박혔단 말예요." 하며 웃음 반 근심
반의 표정이었다.

　초겨울로 들어서자 정말 추풍령의 갈바람은 대단했다. 학교
에서 자전거를 타고 15도 정도의 경사진 길을 내려가는데 아무
리 페달을 밟아도 앞으로 나갈 수가 없었고 숨조차 쉬기 힘들었
다. 이렇게 바람이 셀 수가…. 문득 울상 짓던 그 여선생님의 모
습이 떠올랐다. 그런 날들은 늦가을에 시작해서 겨울이 다 가는
즈음의 2월까지 계속된다.

추풍령(갈바람재)이라는 지명은 이곳 추풍령의 기후에서 비롯되었다고 볼 수 있는데 한 때는 추풍령을 "백령"이라고 부른 적도 있었다. 고속도로나 철길이 생기기 이전 백두대간에 접해 있는 추풍령은 상당한 오지여서 벼농사는 짓지 못하고 대신 메밀을 많이 심었는데 그 메밀꽃이 피면 추풍령이 소금을 뿌린 것처럼 온통 하얗게 되었다하여 "백령" 이라 부르기도 했다는 것이다. 그러나 추풍령의 산골짜기에 저수지가 생기고 논농사를 짓게 되면서 하얀 메밀꽃이 가득 핀 백령의 모습은 사라졌고 그 뒤로는 줄곧 추풍령이라 불리워졌다고 한다.

이제 아침저녁으로 선득선득한 느낌이 들고 이미 갈바람은 추풍령 이곳저곳을 기웃거리며 어슬렁거린다. 가을이 깊어갈수록 추풍(갈바람)은 세력을 더해 갈 것이고 또 그 녀석은 지나가는 아낙의 치맛자락을 붙들고 희롱을 할 것이나. 그리고 바람처럼 이곳을 지나치던 사람들도 더러는 이 고개를 넘어가지 못하고 그냥 눌러 사는 것처럼 인생은 바람 같은 것이어서 이제는 나도 추풍령의 갈바람이 되었는지도 모르겠다.

(월간 韓國詩, 1999. 11월호 발표)

사랑의 편지쓰기 심사평

급변하는 물질문명 속에서 살아가는 현대인들은 어쩌면 인간의 가장 소중한 사랑하는 마음을 잊어버린 채 살아가고 있는지도 모른다. 이러한 때에 사랑의 편지쓰기 공모는 잠시 잃어버린 우리들의 삶의 본질을 깨닫게 해 주는 계기가 되지 않았나 생각된다. 사랑하는 마음은 인간이 가질 수 있는 가장 완전한 총체적인 삶의 본질이기 때문이다. 지금 우리가 살아가는데 필요한 상식선의 질서와 법도 완전한 진실된 사랑 안에서는 한낱 무용지물에 불과 할 것이다. 사랑 안에는 기존의 상식선에서 지켜야 할 질서와 법과 같은 객관적인 잣대를 넘어서는 상위 개념인 삶의 본질이 있기 때문이다.

사랑 안에는 평화와 기쁨과 환희와 화해와 용서와 인내와 너그러움과 모든 것을 다 포용할 수 있는 넉넉함이 있다. 우리가 살아가는데 무엇이 더 필요하겠는가. 사랑 하나면 완전한 삶을 살 수 있는 것을 ······

심사를 하면서 많은 사람들이 사랑의 편지쓰기에 응모하기 위해 글을 쓰면서 그동안 잊고 살아왔던 가까이에 있는 사람들에 대한 무관심을 깨닫는 계기가 되었다는 것을 알 수 있었다.

그 무관심에 대한 반성과 그 동안 소홀히 했던 사람들에 대한 미안함으로 각각의 편지는 이미 사랑이 되살아나 넘쳐나고, 시들었던 사랑의 나무들이 풍성한 모습으로 바람에 흔들리고 있는 것을 보았다. 진실된 사연을 가진 좋은 작품들이 너무 많아 작품의 순위를 정하는데 심사위원들이 많은 고심을 할 수 밖에 없었다는 것을 밝히고, 상을 받고 안 받고 간에 우리가 잊고 살아왔던 사랑의 마음이 이 편지쓰기 공모로 인해 되살아나는 계기가 되었다는 것만으로도 우리 모두에게 큰 위안이 되었다고 생각한다. 끝으로 사랑의 편지쓰기 공모 주최 측에서는 상 폭을 크게 늘렸으면 하는 바램을 말씀드리며 탈락시키기엔 너무나 아까운 작품들이 많아서 아쉬운 마음 금할 길 없었다. 우리의 삶의 본질인 사랑을 다시 생각하게 하는 이 편지쓰기 공모가 더욱 발전된 모습으로 지속되길 바라며 이것으로 심사평을 마친다.

[2006년 6월 영동문화원 사랑의 편지쓰기 심사]

사랑에 대한 소고

지구상의 모든 사물은 완전하게 태어나지 못했고, 인간도 또한 완전하게 태어나지 못했으며, 그것이 창조주의 피조물이든 스스로가 창조적으로 생성되어졌든지 간에 인간의 육체와 영혼은 모든 면에서 다른 개체와 마찬가지로 완전하게 태어나지 못했다.

그러나 오랜 시간을 지나오면서 모든 사물들은 불완전한 자신의 개체를 나름대로 극복하려는 의지와 노력으로 불완전한 면을 완전하게 하려는 방법을 발전시켜왔고, 불완전한 육체와 영혼을 극복할 수 있는 능력을 가지고 태어났든지 아니면 인류의 역사만큼이나 긴 세월을 지나오면서 완전해지고 싶은 욕망에 의해 만들어졌는지는 알 수 없으나, 인간 역시 나름대로 극복의 방법을 가지게 되었다고 보며, 그것은 다름 아닌 사랑인 것이다.

그러나 인간이 완전해질 수 있는 사랑도 인류문명의 흐름에 의해 변질이 되고 왜곡 되어져 종래는 상실되어버린 채 인간이 만들어 놓은 물질문명과 문화의 타성에 젖어 본질을 잃어버린 채 살아가고 있다. 인간의 육체는 사랑을 잃어버린 채 쾌락의

극점을 찾아 헤매고 인간의 영혼은 점점 단순화되어버려 이제
는 사랑할 수 있는 힘과 용기마저 상실해버린 채 오늘을 살아가
고 있다.

의식적이고 진실한 사랑을 가진 영혼이 배제된 채 영혼과 분
리되어 행해지는 육체의 쾌락은 작위적인 조작과 일회적이며
변태적인 행위에 이르게 되며, 만족하지 못한 인간의 육체는 또
다른 달콤한 육체의 쾌락을 찾아 방황한다. 그러한 행위의 끝없
는 방황은 결국 허무를 낳게 되고 진실도 모른 채 종래는 죽어
가게 될지도 모른다.

어쩌면 우리는 작동하기 쉬운 디지털 문화의 속성에 우리의
고귀한 영혼을 팔아먹었는지도 모른다. 지금 우리 생활을 지배
하고 있는 디지털 문화는 아날로그 같은 우리의 인내와 노력과
수고를 마비시켜 빼앗아가 버리고 마침내 우리를 단순화시키고
깊이 있는 사고의 능력조차도 차츰 단순화 시켜가고 있는지도
모른다.

이제 디지털시대에 사는 우리는 사랑도 디지털화 시켜가고
있다. 심오한 우주와 같은 신비와 세상을 변하게 할 수 있고 사
람을 변하게 할 수 있는 아날로그 사랑의 위대하고 진실한 영원
성을 디지털 시대의 우리는 감당할 수 없을 런지도 모른다. 마
치 기쁨과 슬픔, 행복감, 분노, 달콤함, 환희, 웅장함, 지리함, 짜
릿함 등의 다양함을 내포하고 있는 클래식 음악이 아날로그 사
랑이라면 그 클래식 음악에서 달콤함이나 슬픔 같은 자극적인
것만 빼내어 만든 대중음악(유행가)은 디지털 사랑과 같다면 억
지일까?

우리는 찾아야 한다.

잃어버린 우리의 불완전함을 완전케 하는 사랑을,

모든 것을 포용하고 실수를 용서하고 품어 줄 수 있는 그러한 사랑을,

한없는 기다림으로 진실을 말할 수 있는 사랑을,

죽어도 죽지 않는 그러한 사랑을 우리는 텅 비어져 있는 허무한 우리의 가슴속으로 돌려 줘야한다. 그래서 우리의 가슴속에서 사랑으로 피어나는 평화와 기쁨의 향기로 모든 이가 행복해하는 세상이 되도록 해야만 한다.

[2004. 4. 28 -해질녘 명상에서-]

진정 아름다운 소규모 학교

　내가 이 시골 자그마한 학교에 근무한지도 어언 20년이 넘어가고 있다. 돌아보면 젊은 날의 내 삶의 자국들이 이 작은 시골 학교에 고스란히 담겨져 학교가 내 삶의 자체가 되어버렸다. 이곳은 해발 230m의 고지대로 한국의 보르도라 할 만큼 포도밭이 산허리를 따라 펼쳐져 있는 산간 시골마을이다. 이런 산간 시골마을에 위치한 학교는 자연 학생 수도 석을 수밖에 없으며 교육환경 또한 열악할 수밖에 없다. 그러나 이곳 주민들은 열악한 교육환경이지만 학교 말고는 자녀들의 교육을 맡길만한 곳이 없다. 그러나 몇 년 전부터 심심치 않게 언론에 오르내리는 소규모 학교의 폐교와 인근 학교와의 통합이 주민들을 더욱 불안하게 해왔다. 해서 더러는 가까운 소도시로 전학을 시켜 어린 나이에 통학을 해야 하고 거기에서 오는 심적 경제적 부담감으로 현 교육제도의 불만을 토로하는가 하면 그러지도 못하는 주민들은 체념의 상태로 교육당국의 처분만 바라보고 있을 뿐이다.

　며칠 전 교육신문에서 2003학년도 학급편성기준이 46명으로 학급당 학생 수를 늘리면서 전체학급 수를 줄이는 방안이 검토된다는 신문기사를 읽었다. 수도권 대도시의 교육 현실이라지만 우리나라 교육의 문제제기가 될 수밖에 없다는 점을 말하고 싶다. 현재의 국민생활과 경제적 상황이 불러오는 부익부 빈익빈 현상과 맞물리는 이분법적 모순의 구조가 우리나라 학교교육의 현장에서도 적용되는 것 같다. 그것은 수도권과 도시지역의 과밀학급과 소도시 농촌지역의 소규모학급간의 격차를 보면 알 수 있다. 예로, 학교의 학급수가 늘어나고 줄어드는 문제, 학급당 학생수의 편차는 도시와 지방간의 뚜렷한 차별성이라 생각된다.

그러나 학교 안으로 들어 가보면 표면적 상이함만이 존재하지는 않는다. 교육공급자 측면에서 보면 과밀학급의 교사는 업무량이 많고, 소규모 소수인원 학급 내에서의 교사는 업무량이 줄어든다고 볼 수 있을까?

1990년 우리나라와 중국이 수교를 이루기 전 중국의 교육현장을 둘러볼 수 있는 기회가 있었다. 그 때에 벌써 중국의 교사들은 오로지 학생들을 가르치는 일에만 전념할 수 있도록 행정업무 전반에 관해서 교사와는 완전히 분리되어 있음을 볼 수 있었고, 교육현장의 최첨단 실험실습 및 학습기자재에 대한 투자는 그 당시 중국 내의 경제적 상황과는 어울리지 않을 정도여서 우리를 놀라게 했다. 이러한 중국의 교육현장 시스템이 교사 스스로의 자존감을 갖게 하기에 충분했고 그 당시 중국의 경제적 낙후가 교육을 바탕으로 하여 경제적 성장을 이룰 수 있을 것이라고 판단했음을 고백한다. 이렇듯 교육을 정치적인 논리나 경제적인 논리로 풀어나가지 않고 조화로운 교육적 논리로 접근한 결과가 교육적으로나 경제적으로 지금의 중국을 존재하게 한 것이라 생각된다.

우리의 현실은 어떤가? 학교 내에서 교사들은 가르치는 본연의 일에만 충실할 수 없으며 수업이외의 과중한 업무로 시달리고 있는 것이 현실이다. 그것은 대도시 과밀학급이건, 소규모 학급이건 별반 다를 것이 없다고 본다.

그러나 교육수혜자 측면에서 보면 과밀학급에서 학생들의 처지란, 학생 개인차를 고려한 학습이 이루어질 수 없기에 학원으로, 과외학습으로 내몰릴 수밖에 없는 동기유발을 시켰음은 이미 다 아는 사실이다. 이러한 전제들로 미루어 볼 때, 바로 우리가 지향해야 할 참교육의 터전이 내가 근무하는 소규모 학교 안에서 종종 발견되는 것을 볼 수 있다. 소규모 학교였기에 학생 개인차를 고려한 일대일 교수법을 적용해서 교사와 학생간의 학습에 대한 신뢰도를 높일 수 있었다. 그러고 보면 나는 20여년전부터 수준별 학습을 해왔다고 볼 수 있다. 또한 대도시 학교에서 흔히 발생되는 왕따와 폭력의 문제는 거의 찾아 볼 수 없으며, 그 이유는 바로 교사의 시선 안으로 학생들이 다 들어올 수 있었기에 가능하다고 본다. 오히려 대도시 학교에서 왕따와 폭력의 문제로 가슴에 상처를 입었던 학생들이 전학을 오는 경우가 왕왕 있는데 그러한 학생들이 아픔을 딛고 일어서서 정상적인 학교생활을 할 수 있도록 하는 것도 소규모 학교에서만 가능한 일일 것이다. 진학을 위한 교육목표만을 가진 대도시 과밀학급의 학생들에게 교사의 손길이 100% 미칠 수는 없기에 사교육 현장으로 내몰리는 것은 어쩔 수 없어 보이며 그 결과 학원과 과외학습에 중독이 되어 혼자서는 공부할 수 없는 티처

보이, 집에서는 마마보이 등으로 불리워지는 것은 아닌지 모르겠다. 나는 교실에서 학생들에게 꼭 해주는 말이 있다. '너희들은 온실에서 자라지 않는 사막에서 피는 꽃과 같다.' 라고. 이 말은 학생들이 누군가의 힘을 빌리지 않고 혼자 스스로 일어나고, 꽃피우는 힘을 길러나가야만 하는 존재여야 한다는 생각 때문이다. 과밀학급에서의 부조화 문제나 폐단이 되는 문제들이 다름 아니게도 소규모 학교에서 역설적으로 해결 할 수 있음을 발견하게 되었다. 이러한 것들이 바로 소규모 학교의 존재 이유이기도하며, 향후 우리가 지향해야 할 참교육의 터전이 되어야 한다고 생각한다. 거대함만을 요구하는 현대사회에서 오히려 더욱 더 요구되는 것은 작은 것을 소중히 여겨야 하는 것처럼 한 개인이 이루는 가정, 그 가정이 기본이 되어 건강한 사회를 이루듯이 소규모 학교가 시골문화의 중심축으로써 건재해야 하며, 바로 구심점을 이루는 지역주민과 학부모들의 애정을 끌어내도록 해야 하는 과제를 안고 있음을 알아야 하겠고, 그래서 참교육을 지향해야하는 교육의 최종 목표를 소학교가 존재하는 이유로서 우리 산하가 영원히 지켜지고, 우리 자손이 버리지 말아야 할 국토의 한 부분을 가꾸고 살아가야 하는 지역 내의 구심점을 소규모 학교에서 찾아야 할 것이라고 본다.

[새교육 2004년 2월호]

사랑하는
나의 아들에게 보내는 편지

벌써 겨울향기가 나뭇잎 잔가지에 내려앉고……
황혼녘에 서 있는 올해도 어슴푸레 오는 어둠에 자리를 내주어야 하
는 때가 된 것 같구나.
언제나 바쁘게 사는 내가 너에게 사랑의 편지를 써야겠다고 하면서
도 차일피일 미루다가 이제야 쓰는구나.
아빠는 네가 홀로 설 수 있는 내면이 강한 사람으로 성장해주길 바라
며 때로 회초를 내려 나무라기도 하고 때로 밤 깊어 가는 줄도 모르고 너
와 애기하며 지내온 나날들이었지.
그 때마다 너는 끝내 환하게 웃으며 내 뜻을 이해하고 우리는 이내
따스한 마음들이 되곤 했었지. 내 사랑하는, 내 아들 주명아!
추워지는데 외로운 나무처럼 서있는 것은 아닌지—
그러나 때로 허허벌판에 홀로 서 있는 나무처럼
자기성찰의 늪 속에 가라앉아 있는 것도 필요하다고 생각된단다.
내가 너를 진실로 진실로 사랑하는 것처럼 너도 언젠가 어느 누구를
사랑하겠지.
사람이 한 사람을 사랑한다는 것은 무엇으로도 설명할 수 없는
위대하고 진실된 아름다운 것이지.
영국의 시인 뷔너는 "인간은 사랑을 하기 위해 태어났다." 라고 삶의
목적이 사랑이라 애기했단다.
그러나 사람들은 사랑을 할 줄도 받을 줄도 점차 몰라가고 있는 것
같아.
사랑의 기회는 하늘이 주신 것처럼 우연을 가장하여 우리 곁으로 오
지.

그 때 우리는 사랑을 바로 알고 바로 행한 수 만 있다면 얼마나 좋을까?

진정 사랑하는 사람이 있다면 그 자체만으로도 그 사람은 행복한 것이 아닐까?

일반적이고 자연적인 사랑은 섭리처럼 찾아오지만 영원한 사랑은 거기에 의지를 더해야 한 꺼야. 소망을 가지고 말야……

진정한 사랑 속에 있다함은 모든 것에 무한한 힘을 가지게 된다는 것을 의미하지.

그리고 특별한 사람이 된다는 존재을 가지게 된다는 것을 의미하지.

지금

우리가 사는 이 시대에 진정한 사랑을 할 수 있다는 것은 최고의 축복을 받은 사람이지.

우리 힘내자!! 죽명아! 그리고 우리 진정한 사랑을 가슴에 기르고 진실로 사랑할 줄 알자.

이제 더 추워지겠지? 우리 더 추운 어느 날 밤 따스한 촛불 켜놓고 밤새 얘기하자.

사랑할 수 있는 힘이 있다는 것 또한 우리 기쁨으로 알면서……

2007. 12. 29.
[어느 겨울저녁 아들에 주는 편지]

박화배시인

월간 한국시 신인문학상 으로 등단
저서 : 시집 사랑한다는 것은
수상 : 한국시 대상
　　　영동예술상
　　　우수예술인상(충북)
　　　충북예술상
　　　한국문인협회회원
　　　국제펜클럽한국지부회원
　　　한국문협영동지부장 역임
　　　한국농민문학회충북지부장
　　　추풍령중학교영어과재직

　　E-mail　byb2527@yahoo.co.kr
cell phone　010-3433-0027

사랑과 문학

초판 1쇄 인쇄일	2009년 9월 10일
초판 1쇄 발행일	2009년 9월 13일

지은이	박화배
펴낸이	정진이
총괄	박지연
편집 · 디자인	김숙희 이솔잎
마케팅	정찬용
관리	한미애 강정수 채지선
인쇄처	태광
펴낸곳	새미

등록일 2005 13 14 제17-423호
서울시 강동구 성내동 447-11 현영빌딩 2층
Tel 442-4623 Fax 442-4625
www.kookhak.co.kr
kookhak2001@hanmail.net

ISBN	978-89-5628-525-2 *03800
가격	8,000원

* 저자와의 협의하에 인지는 생략합니다.
새미는 국학자료원의 자회사입니다.
잘못된 책은 구입하신 곳에서 교환하여 드립니다.